短篇經典文庫

小青六短篇

范小青 著

海豚出版社

图书在版编目（CIP）数据

小青六短篇 / 范小青著. —北京：海豚出版社，2014.6（2024.4重印）
（短篇经典文库）
ISBN 978-7-5110-2079-6

Ⅰ.①小… Ⅱ.①范… Ⅲ.①短篇小说－小说集－中国－当代 Ⅳ.①I247.7

中国版本图书馆CIP数据核字（2014）第114185号

总发行人：王　磊
策　　划：林建法
责任编辑：慕君黎
美术编辑：吴光前
责任印制：蔡　丽

出　　版：	海豚出版社
地　　址：	北京市西城区百万庄大街24号
邮　　编：	100037
电　　话：	010-68325006（销售）　010-68996147（总编室）
印　　刷：	涿州市荣升新创印刷有限公司
经　　销：	全国新华书店及各大网络书店
开　　本：	32 开（680毫米×950毫米）
印　　张：	5.75
字　　数：	70 千
版　　次：	2014 年 10 月第 1 版，2024年4月第3次印刷
标准书号：	ISBN 978-7-5110-2079-6
定　　价：	40.00 元

版权所有　侵权必究

目 录

1 梦幻快递
29 城乡简史
62 我在哪里丢失了你
86 短信飞吧
113 我们都在服务区
148 五彩缤纷

梦幻快递

有一天我送快递到一个人家，收件人是个年轻的女孩，就是最热衷网购的那种，从屋里出来，接了快件就向我要笔签收，我提醒她说，先开箱看一下货吧。

这可不是因为我有责任心，这是公司的规定，公司规定一定要让收件人开箱后再签收，否则后果一律由我们送货人自负，我才不想负这么多的后果，所以我坚持要她先开箱后签收。她似乎有些不耐烦，对我送来的货物看起来也不怎么在乎，马马虎虎说，哎呀，不开了吧，我忙着呢。我说不行，不开箱不能签收的，除非——她赶紧问我，除非什么？我说，除非你在单子上写明。她又问要写什么，我说，写收件人自愿不开箱验货，与递送员无关，一切后果自负，等等，再签上你的名字。她又嫌烦，说，哎哟，烦死人，要写那么多字，算啦算啦，就打开来看看吧。可是箱子包裹得很严实，她又皱眉，又想马虎过去。还好，我随身带着小刀子，将包扎箱子的胶带划开来。我这小刀子就是专门对付那些嫌麻烦的收件人的。他们会以没有工具打开箱包为由，就强行直接签收，马虎了事。这种做法我是不能允许的。

　　当然你们也都知道的，其实收件人并不都是这样的人，有些人的习惯正好相反，他们对付快递来的货物的顶真程度让你简直忍无可忍。比如一个妇女喜欢从网上购买衣服，每次拿到衣服，她都上上下下前前后后里里外外反复检查，甚至连线缝都扒开来看个仔细，我在旁边看得心里暗笑，她是不是以为这衣服是我本人缝制出来的，就算看出线缝有问题，她拿我有什么办法呢？另有一个妇女也是经常买衣服的，有一次打开箱子验货时闻到一股橡胶味，她坚持说这是假冒伪劣产品，当场就要退货，又说穿这种衣服会得癌的，说得吓人倒怪。但无论是货真价实还是假冒伪劣，都与我无关，她这是在为难我，我耐心跟她解释了条例，验货时只有当货物损坏或原先确认过的尺寸颜色不符才能拒收，没有一条规定说，衣服有异味也能当场拒收的，最后磨了半天，她还算讲理，收下了那件可能很恐怖的衣服，决定打客服电话要求退货，后来怎么样我就不知道了，也不管我事。还有一个收件人也很奇怪，一定要问我叫什么名字，我说公司没有规定要报名字，可以不告诉她，但见她执意要问，我就告诉她了，我还心存侥幸地以为她要给我介绍对象呢。不料下次去的时候，她又问我的名字，我说上次告诉你了，她说记性不好，忘了，我又告诉一遍，如此三番几次的，我心里有疑问，我跟她解释说，其实，送快递跟名字没有关系的。她说，怎么没有关系，我连送水工都要问他们名字的。我想她可能是防患于未然吧，生怕哪天出了事找不到人。但其实她不知道快递公司都有规定的，哪一片区域归哪一个快递员，都是清清楚楚的，她只要说出她的地址，公司就能知道是谁送的，除非那是个不规矩的公司。如果是不规矩的公司，你知道快递员的名字也没有用，你就算知道老板的名字，也同样不能解决问题的。

真是林子大了什么鸟都有。什么鸟你都得小心应付，谁让你是快递员呢。现在快递中的差错很多，无论谁是谁非，最后鸟屎总是要拉在我们头上的，我们只能如履薄冰地保护着自己的脑袋不受鸟的欺负。

不说鸟了，还是回到眼前的这个人身上吧。她终于打开纸箱，拎出那个货物，我才没心思管她是什么货物，就算大变活人也不关我事，可是她还偏偏把那货物扬到我的眼前，喏，看见了吧。我貌似瞄了一眼，是一条打底裤，还洋红色呢。我心里就很瞧不起她，别以为我不知道，网购一条打底裤，贵不过几十元，最便宜的十块钱就卖了。她倒没为她的低廉的打底裤难为情,扬过打底裤后,又说,行了吧,算验过了吧,可以签收了吧?

当然可以了,我又不是有意要刁难她,只要她按规矩办就行。我请她在单子上签了名,我撕走上面一张,就可以走了,她也回屋里去了。两下刚刚转身,忽然我听到她那里发出一声尖叫,我以为又出错了,赶紧回头看,她却已经笑得直不起腰了,弓着身子在那里哎哟哟,哎哟哟。我不知道她哎哟个什么劲,既然她不是找我麻烦的,我赶紧撤。她见我要撤,才勉强直起了腰,冲我说,哎哟,我买过一条一模一样的哎,哎哟,我怎么忘得干干净净,一点也记不得了,看到它,我才想起来,前几天才买过的呀。这与我无关,我还是得撤。她又说,我不会得老年痴呆了吧,我才二十五岁呀。这仍然与我无关,我再撤。

我这才撤走了。

我开始干这一行的时候,还有些新鲜

感，但时间一长，什么感也没有了，什么都一个样。收件人呢，恐怕有七八成都是刚才那样的小八婆，手里有一点钱，钱又不多，尽在网上淘些不值钱的甚至没多大用的东西。我真是替她们想不通，她们那手，真的很痒，一天不拿鼠标点一下，又点一下，再点一下，貌似这一天的日子就过不下去。当然，就是因为她们天天点一下，又点一下，再点一下，快递公司就那样如雨后春笋般地冒出来了，而且越冒越多，越冒越强，我都听说了，现在有一千多家快递公司。我同事说，一千多？谁统计的，那些连册都不注的黑公司他统计得了吗？我同事比我有想法，按照统计的数字是一千多家，按照他的想法，那就不知道是多少家了，难怪竞争这么激烈。

　　当然，这无数无数的收件人，她们收到的东西，也不一定都是她们自己买的，也有别人赠送或代购的，比如男朋友啦，比如父母啦，比如别的什么人啦，但那个比率是很小的。

说起来,我不应该抱怨她们,更不应该瞧不起她们,有了她们,才有快递公司的生意,才有我们的饭碗。其实她们中间也有好多不错的女孩,如果她们的手不那么痒,其实真是很好的,如果我能够找其中的任何一个做老婆,也都心满意足了。

有一次我到一家送快递,那姑娘开了门,还客气地紧着请我进去,我知趣,才不会进去,但她太热情了,甚至还过来拉我,说,进来呀,进来呀,没事的。那我也只能站在她家门口,就这么一站,我顺便朝她屋里一望,我的个妈呀,堆了半屋子的快递,多半都还没有开包呢,封得死死的。我不知道这是哪家快递公司递送的,怎么能不开箱验货就给她了呢?不过这也不关我事,我只要做好我的工作就行了,还管别家快递公司干什么,各家有各家的规矩。我只是想,这样的老婆我不娶也罢,她这哪里是购物,分明是在做游戏,我一个送快递的,哪有那么多钱给她过家家啊。

我这算是自卑呢,还是自卑呢?我这算是一厢情愿呢,还是一厢情愿呢?

这是关于收件人的林林总总,关于寄件人呢,我是看不见他们的,但我也知道,反正五花八门,什么样的都有,因为我看不见他们,我也懒得说。

我还是更关心一下我自己吧。有时候我到了某一个小区的时候,会有一种做梦的感觉。为什么是做梦呢,因为对这些小区太熟悉了,因为这些小区太相像了,我每天进入不同的小区,但它们好像又都是同一个小区,无法区别,不仅梦里会梦到它们,就是醒着的时候,也会把它们当成是梦境。

其实,即使你不进入这些小区,即使你闭上眼睛,想一想,难道不是这样吗?这许许多多新建起来的小区难道不是差不多的模样吗?火柴盒似的竖在那里,一幢贴一幢,只是有的贴得紧密一点,有的贴得宽松一点,这就是小区与小区之间仅有的差别了。

前者呢,就叫个普通小区,后者则可以称作高档小区。至于那些楼的形状和颜色虽略有差异,但这不是问题的关键,只是表面现象而已。我们都是成年人,不会被表面现象蒙蔽了双眼哦。

然后你再找到某一幢,到几零几,是高层的话,就坐电梯,不是高层,就爬楼梯,然后,你敲门,或者按门铃,然后,有一个人在里边问,谁呀,你说,快递。然后,门就开了,你望里边一瞧,别说大楼和大楼相似,这屋里的装饰,也差不多少。

如果你每天每天都行进在这差不多的空间和时间里,你也许真的会搞不清什么时候是梦,什么时候是梦醒了。

好了好了,别做梦了,现在我已经从打底裤那儿出来,又来到另一个差不多的小区,找到一幢差不多的楼,上了几乎一模一样的楼梯,然后,按响门铃,里边问,谁呀,我答,快递。门立马就开了,都没从门镜里朝外看一看再开门,不知道是他们的警惕性太差，还是对递送来的货物太看重，太着急。

前些时有个新闻说，某女独住，被快递员杀了。这个新闻出来后，我和我的同行以及我们的老板都有些沮丧，有很不好的感觉，以为快递业要下滑了，以为快递件会大大减少了，结果呢，根本就没少，还越来越多了，所以我们老板又神气起来了，到那一年的11月11日凌晨，那个电子购物，不叫购物，叫秒杀。那可是杀得个昏天黑地。

有时候我也很无聊，就幻想着哪一天能够碰到一个不太相同的收件人，但是没有，真的没有。现在站在我眼前的这个，还是那样子，她打开箱子，眼睛往下一扫，算是看过了，说了声，我晕，就签收了。我不知道她"晕"什么，反正我也没注意快递的是什么东西。关于我们递送的货物，每一联单子，无论是最后执在我手里的一联，还是贴在箱子上留给收件人的那一联，上面都有写明，但是我才没那么多时间和那么好的心情将每天要送的东西一一看过来，我只管送，不管知情，更不管收件人对于收到的货物的表情，所以她对于货物晕不晕，不关我事。她既然签了，我就完成任务走了，至少比前面那个不肯验收的打底裤干脆些。

没想到的是，她的这个晕，后来晕到我头上来了。那货送后的第三天，也就是中间隔了两天，我接到一个妇女的电话，问快递怎么没到。这事情不稀罕，多了去了，我也不着急，先问她怎么个情况，她说我前天上午给她打过电话，说马上送到，结果等了两天也没到。

这也是个人物呀，等了两天才给我打电话，真不着急啊。我回想了想我前天的工作，没有遗漏呀，前天的任务我都完成了呀。不过我也仍然没有着急，我又问她，你前天接到的电话，确定是我打给你的吗？她说当然呀，我手机上还保留着你的电话呢，要不我怎么会打电话给你呢，幸亏我留着，否则还不知道找谁呢。其实她的话是不对的,或者说不完全对,快递收不到,不一定全是快递员的问题,也可能是其他的某个环节出了问题。不过我也还是理解她的,像她这样的妇女,又不知道快递公司是个什么样子,又看不见公司的操作程序,她不可能想象我们仓库、我们的分拣中心是个什么样子,她能看见的,就是快递员了,她不问我问谁呢?何况我的手机号码已经落在她手里了嘛。我十分耐心地再跟她确认一遍,你是说,前天我跟你联系过,说马上送快递给你?她说,是呀。我很有经验哦,又再跟她核对说,那你报一报你的地址和收件人姓名。她报来,我赶紧拿笔记下,承诺她尽快答复。这种事情,我当然得尽快,像她这样的,看起来性子不算太急,还比较好说话,有些性急的人,根本不问青红皂白,不论谁错谁对,一下子就给你捅到公司里,让你吃不了兜着走,即便是日后查清楚了到底是谁的责任,可你在老板的心目中,已经不是十全十美的了,已经是有了污点的了,亏吧。

前天的运送单早收在公司了,我赶紧挤时间回公司调前天的单子,调出单子我就仔仔细细一一检查,根本就没有疏漏呀,张张单子都有人签收,这说明什么呢,说明我没有出差错。我给那个妇女回了个电话,告诉她,她的那个地址,确实有快件,货物也确实已经投递了,因为有人签收了。她立即"咦"了一声,说,签收?不可能,我们家白天除了我,没别人的。我说,我这里白纸黑字,这是百无抵赖的。她又说,奇了怪,那是谁?谁签收的?我看了看那个名字,签得龙飞凤舞,我勉强看出来了,告诉她,是某某某。她愣了一会儿,说,某某某?某某某是谁?我说,就是你家签收的人呀。怕她不明白,我又重新说清楚一点,就是说,我把货物投递到你家,你可能不在家,但是你家有另一个人签收了。那妇女说,不对呀,我根本就不认得你说的这个某某某,她不是我们家的人,你投错了。她的口气倒是一直蛮平静蛮客气的,可客气有什么用,她再客气我也要把快件投给她呀,可是快件到哪里去了呢?我的脑袋"轰"地一下大了,我赶紧冷静下来,让脑袋缩回去,仔细想了一想可能发生的错误它在哪里。既然签收的人名错了,首先,我当然想到了地址。我还是有些经验的,我再和那妇女核对地址,果然,地址错了一个字,洪湖花园,成了洪福花园。我经验丰富,一下就知道,这方言口音问题,因为发音中的h和f分不清的原因。

我的心情就更宽松了,我首先想到的是,那不是我的责任,那是寄件人的责任,怪不着我,当然,也同样不能怪收件人。我赶紧安慰她说,好了,你别着急,我知道问题在哪里了,我投到寄件人提供的错误地址上去了,这事好办,我再到那儿跑一趟,拿回来,再给你送去就是。那妇女说,也太粗心了,地址都会写错。我当然知道她说的是不我,我放心下来,赶紧着往那个错误的地址去。

这时候我仍然一点也不着急,写错地址

的事情太多了,写错人名的也很多,许许多多的错误,只有你想不到的,没有他们犯不出的。有一次我打电话问收件人,你是某某街某某号某某小区某幢楼某零某室吗?对方说是的呀,我正在家等着快递呢。我就送过去了,那个人也高兴地签收了。可是很快又有人来电话讨要这个快件,我说已经准确投递了,而且签收了,但是他并没有收到,更没有签收,这真是奇了怪了。这事情后来经过长时间的反复纠缠,搅得我们大家都不知所以了,最后才发现,这个快件根本就投错了城市,两个城市竟然有两个同名的小区,不仅小区同名,连街名和门牌号都是一样的,你以为这样的事不会发生吗?它真的会发生。

更多的是写错收件人电话的,你打到那个错误的电话上,人家好说话的,告诉你打错了,不好说话的,还操你妈,你能和他对操吗?当然不能。

总之事情就是这样的,无论是正确的寄件

人和收件人还是错误的寄件人和收件人,他们都是你上帝,只不过这些看得见的上帝和那个真正的看不见的上帝才不一样呢。有一次我手机出了故障,用不起来了,我知道情况紧急,赶紧去维修,可是就么短短一个小时时间,有客户就已经投诉到公司了,说我关机,一个送快递的怎么能关机呢?强盗逻辑呀,难道送快递的就不能有一点特殊情况吗?万一我路上遭遇车祸昏死过去了呢——我呸。我还是别遭遇车祸吧。无论你遭遇什么祸,人家都是上帝,你都是上帝的仆人。

现在我到了洪福花园的那幢楼,上了那个几零几,敲门,门开了,一个陌生的妇女出现在我面前,有些茫然地看着我。尽管很可能我前天刚刚见过她,但我仍然觉得她陌生,我不可能记住每一个收件人的面孔,这很正常,我如果有那样的超常的记忆力,恐怕我也不必再风里来雨里去送快递,我干脆毛遂自荐到情报部门当间谍算了。

不过她的脸陌生不陌生倒也无所谓,我

又不是来找她本人的,我是来讨回送错了的货物的,我直截了当跟她说明了情况,我一边说,她一边摇头,摇到最后,她说,你搞错了,我没有收你送来的快件。我说,我是前天来你这儿投递的,是你自己签收的。虽然我觉得她是个陌生人,但我一定得先强加于她,否则——没有否则,事实就应该是这样的。她疑问说,你投快件给我,我收的?你见过我吗?我怎么没有见过你?我不好说见过她,但也不敢说没见过她,我换了个思路问她,那你,平时有网购、电视购物这些吗?她说,有呀,经常有,我经常收快递,不过,不是你送来的。只要她承认收过就好,我这才拿出单子来,递给她看,我说,你看,这地址,是你的吧?她看了看地址,有些奇怪地说,咦,地址确实是我的,但是收件人不是我呀。不等我再发难,她又进一步看出了问题的实质,跟我说,不仅收件人不是我,签收的人也不是我,别说名字不是我,笔迹也不是我的呀。

我满以为这样一个小错误，只要再到错误的地址上跑一趟，负负得正，就能解决了，哪知情况复杂起来了，我的脑袋又大起来，她倒是蛮善解人意的，跟我说，是的呀，现在送快递麻烦的，很容易搞错，现在的人都是粗枝大叶的。看来她真是深知我的难处，她又主动建议说，你要是不相信，你拿纸出来，我签个名你比比看，看那单子上到底是不是我的字。我也没有其他的法子，只能这样做了，显得我很不相信人，很小肚鸡肠，但是你们不知道，干我们这行的，不得不这样，不然你稍稍马虎一点，赔得你倾家荡产。即便是货到付款的那一类，不需你赔钱，也得让你陪时陪力陪声誉，总之你得陪点什么。

　　她在我提供的纸上，写下了她的名字，我只瞄了一眼，心里就认了，我手里的运送单，肯定不是她签收的。她见我没说话，以为我看不出来，又认真地指点着她的笔迹跟我说，你看，这笔迹，完全不一样，再说了,我要是签了,我为什么要抵赖呢,没必要吧。虽然我一眼就看出来不是她的字,但我还是不甘心,我不能甘心,我一甘心,这事情就没有余地,没有退路了。我又换了个思路,再问她,会不会你不在家,是你家里人签的?她说,我家里人白天都不会在家的,再说了,我家里也没有叫这个名字的人呀。她看我一脸的疑惑,又说,你快递的什么东西呀,贵重物品吗?我说,好像不是贵重物品,没有保价,是某某电视购物的拖把。她说,那就更不可能有人冒领了,冒领个拖把干什么,值吗?我说,可是,可是那把拖把会到哪里去呢?她态度一直很好,可我仍在怀疑她,她终于也有点不高兴了,开始批评我说,你自己也有问题的,单子上的收件人明明叫张三,你却让李四签收,连个"代"字也不写。我不能同意她的说法,公司规定也没有说一定要本人签收,家人是完全可以代收的,再说了,如果有人存心冒领,写个"代"字有屁用。

我就真的奇了怪了。虽然说起来，送快递的奇怪事情很多的，但是因为我这个人生性谨慎，也知道保住饭碗不易，所以一般是不会出差错的。这一回问题到底出在哪里呢？我整理了一下思路，先是寄件人把小区的名字写错了，我当然是按照寄件人写的地址去投递，这第一步，我没有错；第二步，电话没有错，我也通过电话，收件人本人也接到过电话，等待我送货去的，这第二步我也没错；第三步，我到了寄件人给的错误地址那里，人家确实正在等着快递呢，就签收了，虽然不是收件人本人的名字，但反正他们是一个屋檐下的，应该不会错，这第三步，我仍然没有错。

我没有错，拖把就不会有错，但是那把正确的拖把它到底到哪里去了呢？

我再调动起以往的经验教训，仔细想了一下，是我走错了楼层吗？应该到五楼的，结果潜意识里我想偷懒，就少爬了一层，到了四楼？或者，我走错了一幢楼，把三幢看成了二幢，这也是有可能的，或者，我根本就没有来过这个小区，我到的是另一个小区？

反正你们知道的，小区和小区之间，楼和楼之间，楼层和楼层之间，真是很相像的。

这个想法一出来，立刻把我自己吓了一跳，正如我在梦里看到的，一幢一幢的楼，一个一个的小区，都是一样的，但是我是按图索骥的，难道我手里拿着一个地址，会走到另一个地址去吗？我如果没有去过那个小区，我怎么会记得那个小区呢，难道是在梦里去的？

难道梦里的事情比现实更清楚？

我不敢说"不可能"。

什么都是有可能的。

只是现在没有任何证明来证明我到底是犯了哪一项错误。

我回忆起前天送快件的情形，忽然灵光闪现，我想起来了，我在那个小区，曾经遇到了一个熟人，我们还站在小区的路上说了一会儿话，我只要找到这个人,事情就迎刃而解了。

可事实上,我离迎刃而解还差得远呢。

我本来是个不着急的人,所以我难得犯错,一个难得犯错的人,一旦犯了错,肯定比经常犯错的人要着急,我就是这样。

我现在有点着急了,倒不是因为丢了一个拖把,而是因为我的工作责任心和我的记性,这两者比起来,后者更重要,如果连两三天前发生的事情都不能记起来,岂不要让我吓出一身冷汗来。

我着急呀,一着急,就把我在小区里碰见的那个熟人的名字给忘记了。我努力地回想,努力地在自己的混乱的脑海里捞出他的确定的身份来。

他到底是谁?

家人?同学?朋友?同事?亲戚?邻居?

还好,像我这样的屌丝男,关系密切的人也不算多。我先在手机通讯录里找了一下,用他们的名字对照我记忆中那个人的长相,想启发一下自己,开始的时候,我看着每一个名字，都觉得像，但再看看，又觉得每一个都不是。

然后我又不惧麻烦地一一地把有可能的人都问了一遍，有人听不懂，不理我，凡听懂了的，都特奇怪，说，什么小区，听都没听说过，我到那里干什么，你怀疑我包二奶吗？也有的说，你什么意思，今天又不是愚人节，就算今天是愚人节，你的把戏一点也不好玩。还有一个更甚，说，你在跟踪我？谁让你干的？你不说我也知道，是谁谁谁让你干的。我一听，这不快要出人命了吗，赶紧打住吧。

如此这般，我心里就更着急了，再一着急，不好了，连那个和我在小区里说话的人长什么样子我都忘记了，我们在那里说了什么，更是一点印象也没有了。我急呀，我怕这个明明出现过的人一下子又无影无踪了，就像从来没有一样。

见我抓狂了，我一同事提醒我说，你去看看小区的摄像吧，只要你们站的位置合适，也许会把你和那个人录下来的。我大喜过望,赶紧跑到小区,可是那物业上说,这个不能随便给人看的,要有警察来,或者至少要有警方出具的证明。这也难不倒我,我再找人吧,联系上警方,警方问我什么事要看录像,我说,我送快递的,丢了一把拖把。警方以为我跟他们开玩笑,把我训了一顿。我不怕他们训我,打我也不要紧,我再央求他们,又把事情细细地说了,拖把虽然事小,但是丢饭碗的大事。结果果然博得了他们的同情,其中更有一个警察,特别理解我,说,你们也挺不容易的,现在要快递太多了,我老婆就上了瘾,天天买,甚至都不开包,或者一开包就丢开了,又去买,害人哪。

我靠着警方的这点同情心,终于可以看小区的录像了,小区物业也挺热心的,帮着我一会儿快进,一会儿快退,找到我所说的那个时间段,再慢慢看,我的个天,果然有我,我还真的是进了这个小区的。我看到我电瓶车上绑了如此之多的快件箱子,自己都把自己吓一跳，要是看到的是别人，我一定会替他担心的，这轻轻飘飘的车子，能载这么多的货物吗？

但那确实就是我干的事情。只是平时我骑着车子在前面走，那许许多多的货物堆在我身后，我看不见它们。

跟着我的身影再往下看，我的个老天，我真的看到我在小区碰到的那个人了。

那个人是我爷爷。

你们别害怕，我爷爷死了三年了，我遇见的是三年前去世的爷爷，我都没害怕，你们更不用怕。

大家都说，在现在的这个世界上，什么都可能发生的，难保死而复生的事情就不会发生哦。

爷爷穿着绿色的邮递员的制服，推一辆自行车，车上也绑着大大小小的纸箱子。不过这并不奇怪，因为爷爷年轻时是邮递员，我干上快递的时候，我妈曾经骂过我，说，龙生龙，凤生凤，老鼠生子打壁洞。我干脆一不做二不休,跟我妈开了个恶心的玩笑,我说,我是爷爷生的吗?把我妈气得笑了起来。

虽然爷爷的出现没有让我觉得奇怪,但我多少还是有些不解,在小区的摄像头下面,我问爷爷,你这么老了,怎么还没退休?爷爷说,我本来是休息了,可是他们说人手不够,请我们这些早就休息了的,都出来帮帮忙。我想了想,觉得这也无可厚非。所以你们别以为你们平时能够看到大街小巷的驮着快件的快递员穿来穿去,其实还有一部分你们并没有看见哦。我正这么想着,爷爷又跟我说,现在这日子真的方便,就算你从美国买个东西,几天就收到了,不像过去,等一封平信都要等上十天半月的。我说,那是,现在这速度,简直就不能叫速度了。爷爷说,那叫穿越。我正想夸爷爷时尚,爷爷又说了,快过年了,我想给你奶奶买个新年礼物快递过去。我吃了一惊,说,我奶奶?她不是死了二十多年了吗,她能收到吗?爷爷说,孙子哎,咱们这是赶上好日子啦,你说现在这日子,有什么事是办不成的?

说了几句,爷爷就推着自行车送快递去了,我也想得通,他年纪大了,车上装了那么多货物,他骑不起来了,只能推着走。

我回家告诉我妈,说我三天前在某某小区遇见了爷爷,我妈"呸"了我一声,骂道:"做你的大头梦吧。"

我妈这一呸,让我迷惑起来,或者说,让我惊醒过来,难道小区里发生的一切,真是我做的一个梦吗?

一直到我的手机响起来,我才确认,这会儿我醒着呢。但是我又想,真的就能够确认吗,人在梦里也会接打电话的呀,我自己就经常做打电话的梦,那真是活灵活现,按健,接听,说话,无一不和醒着的时候一模一样。

电话是应收拖把的那个妇女打来的,她说拖把收到了,还谢了谢我。我很惊奇,我还没找到拖把呢,她倒已经收到了,真叫人费解,这把拖把到底是哪一把拖把?是哪个好心人知道我纠结,替我把拖把补上了;或者,是别一个粗心大意的寄件人,也写错了地址,恰好错到她的地址上去了,于是别人的拖把就错递到她家去了;或者,是我爷爷心疼我,躲在哪里作了个法。

谁知道是怎么回事呢,反正拖把到了,不再有我什么事,我很快就把拖把抛到脑后了,只要不再追究我的责任,一切OK。

我回到公司,又接了一叠任务,低头一看,单子上头一个投送地址是:梦幻花园。

我就出发往梦幻花园去了。

城乡简史

自清喜欢买书。买书是好事情,可是到后来就渐渐地有了许多不便之处,主要是家里的书越来越多。本来书是人买来的,人是书的主人,结果书太多了,事情就反过来了,书挤占了人的空间,人在书的缝隙中艰难栖息,人成了书的奴隶。在书的世界里,人越来越渺小,越来越压抑,最后人要夺回自己的地位,就得对书下手了。怎么下手?当然是把书处理掉一部分,让它还出位置来。这位置本来是人的。

自清的家属特别兴奋,她等了许多年终于等到了这一天,对于家里摆满了的书,她早就欲除它们而后快。在自清的决心将下未下、犹犹豫豫的这些日子里,她没有少费口舌，也没有少花心思，总之是变着法子尽说书的坏话。家里的其他大小事情，一概是她作主的，但唯一在书的问题上，自清不肯让步，所以她也只能以理服他，再以事实说话。她拿出一些毛料的衣服给他看，毛料衣服上有一些被虫子蛀的洞，这些虫子，就是从书里爬出来的，是银灰色的，大约有一厘米长短，细细的身子，滑起来又快又溜，像一道道细小的闪电，它们不怕樟脑，也不怕敌杀死，什么也不怕，有时候还成群结队大摇大摆地在地板上经过，好像是展示实力。后来自清的家属还看到报纸上有一个说法，一个家庭如果书太多，家庭里的人常年呼吸在书的空气里，对小孩子的身体不好，容易患呼吸道疾病，自清认为这种说法没有科学性，但也不敢拿孩子的身体来开玩笑。就这样，日积月累，家属的说服工作，终于见到了成效，自清说，好吧，该处理的，就处理掉，屋里也实在放不下了。

　　处理书的方法有许多种，卖掉，送给

亲戚朋友，甚至扔掉。但扔掉是舍不得的，其中有许多书，自清当年是费了许多心思和精力才弄到手的，比如有一本薄薄的书，他是特意坐火车跑到浙江的一个小镇上去觅来的，这本书印数很少，又不是什么畅销书，专业性比较强，这么多年下来，自清从来没有在别的地方看到过它，现在它也和其他要被处理的书躺在了一起。自清看到了，又舍不得，又随手拣了回来，他的家属说，你这本也要拣回来那本也要拣回来，最后是一本也处理不掉的，家属的话说得不错，自清又将它丢回去，但心里有依依惜别隐隐疼痛的感觉。这些书曾经是他的宝贝，是他的精神支柱，一些年过去了，他竟要将它们扔掉？自清下不了这样的手。家属说，你舍不得扔掉，那就卖吧，多少也值一点钱。可是卖旧书是三钱不值两钱的，说是卖，几乎就是送，尤其现在新书的书价一翻再翻，卖旧书却仍然按斤论两，更显出旧书的贱，再加上收旧货的人可能还会克扣分量，还会用不标准的称砣来坑蒙欺骗。一想到这些书像被捆扎了前往屠宰场的猪一样,而且还是被堵住了嘴不许嚎叫的猪,自清心里就有说不出的难过,算了算了,他说,卖它干什么,还是送送人吧。可是谁要这些书呢,自清的小舅子说,我一张光盘就抵你十个书屋了,我要书干什么?也有一个和他一样喜欢书的人,看着也眼馋,家里也有地方,他倒是想要了,但他的老婆跟自清的家属不和,说,我们家不见得穷得要拣人家丢掉的破烂。结果自清忍痛割爱的这些书,竟然没个去处。

　　正好这时候,政府发动大家向贫困地区的学校捐赠书籍或其他物资,自清清理出来的书,正好有了去处,捆扎了几麻袋,专门雇了一辆人力车,拖到扶贫办公室去,领回了一张荣誉证书。

　　时隔不久,自清发现他的一本账本不见了。自清有记账的习惯,从很早的时候就开始了,许多年坚持下来,每年都有一本账本,记着家里的各项收入和开支。本来记账也不是一件很特别的事,许多家庭里都会有一个人负责记账,也是常年累月坚持不变的。但自清的记账可能和其他人家还有所不同,别人记账,无非就是这个月里买了什么东西,用了多少钱,再细致一点的,写上具体的日期就算是比较认真的记法了。总之,家庭记账一般就是单纯的记下家庭的收入和开销,但自清的账本,有时候会超出账本的内容,也超出了单纯记账的意义,基本上像是一本日记了,他不仅像大家一样记下购买的东西和价钱,记下日期,还会详细写下购买这件东西的前因后果,时代背景,周边的环境,当时的心情,甚至去哪个商店,是怎么去的,走去的,还是坐公交车,或者是打的,都要记一笔,天气怎么样,也是要写清楚的,淋没淋着雨,晒没晒着太阳,路上有没有堵车,都有记载,甚至在购物时发生的一些与他无关、与他购物也无关的别人的小故事,他也会记下来。比如某年某月某日的一次,他记下了这样的内容:下午五时二十五分，在鱼龙菜场买鱼，两条鲫鱼已经过秤，被扔进他的菜篮子，这时候一个巨大的劈雷临空而降突然炸响，吓得鱼贩子夺路而逃，也不收鱼钱了，一直等到雷雨过后，鱼贩子不知从哪里冒了出来，自清再将鱼钱付清，以为鱼贩子会感动，却不料鱼贩子说，你这个人，顶真得来。好像他们两个人的角色是倒过来的，好像自清是鱼贩子，而鱼贩子是自清。这样的账本早已经离题万里了，但自清不会忘记本来的宗旨，最后记下：购买鲫鱼两条，重六两，单价：5元／斤，总价：3元。这样的账本，有点喧宾夺主的意思，记账的内容少，账外的内容多，当然也有单纯记账的，只是写下，某年某月某日某时在某某街某某杂货店购买塑料脸盆一只，蓝底绿花，荷花。价格：1元3角5分。

但是自清的账本，虽然内容多一些杂一些，却又是比较随意的，想多记就多记一点，想少写就少写一点，心情好又有时间就多记几笔，情绪不高时间不够就简单一点，也有简单到只有自己能够看得懂的,比如:手:175元。这是记的缴纳的手机费,换一个人,哪怕是他的家属,恐怕也是看不懂的。甚至还有过了几年后连他自己都看不懂的内容,比如:南吃:97元。这个"南吃",其实和许许多多的账本上的许许多多内容一样,过了这一年,就沉睡下去了,也许永远也不会再见世面的,但偏偏自清有个习惯,过一段时间,他会把老账本再翻出来看看,并没有什么目的,也没有什么意义,甚至谈不上是忆旧什么的,只是看看而已,当他看到"南吃"两个字的时候,就停顿下来,想回忆起隐藏在这两个字背后的历史,但是这一小片历史躲藏起来了,就躲藏在"南吃"两个字的背后,怎么也不肯出来,自清就根据这两个字的含义去推理,南吃,吃,一般说来肯定和吃东西有关,那么这个南呢,是指在本城的南某饭店吃饭?这本账本是五年前的账本,自清就沿着这条线去搜索,五年前,本城有哪些南某饭店,他自己可能去过其中的哪些？但这一条路没有走通，现在的饭店开得快也关得快，五年前的饭店现在已经没有人记得清楚了，再说了，自清一般出去吃饭都是别人请他，他自己掏钱请人吃饭的次数并不多，所以自清基本上否定了这一种可能性。那么"南吃"两字是不是指的在带有南字的外地城乡吃饭，比如南京，比如南浔，比如南方，比如南亚，比如南非等等，采取排除法，很快又否定了这些可能性，因为自清根本就没有去过那些地方，他只去过一个叫南塘湾的乡镇，也是别人请他去的，不可能让他买单吃饭。自清的思路阻塞了，他的儿子说，大概是你自己写了错别字，是难吃吧？这也是一条思路，可能有一天吃了一顿很难吃的饭，所以记下了？但无论怎么想，都只能是推测和猜想，已经没有任何的记忆更没有任何的实物来证明"南吃"到底是什么，这90多块钱，到底是用在了什么地方。好在这样的事情并不多，总的说来，自清的记账还是认真负责的。

自清的账本里有许多账目以外的内容，但说到底，就算是这样的账本，也并没有什么重大的意义，甚至也没有什么实际的作用。自清的初衷，也许是想用记账的形式来约束自己的开销花费，因为早些年大家的经济都比较拮据，总是要想尽一切办法节约用钱，记账就是办法之一，许多人家都这么办。而实际上是起不到多大的作用的，该记的账照记，该花的钱还是照花，不会因为这笔钱花了要记账，就不花它了。所以，很多年过去了，该花的钱也花了，甚至不该花的也花了不少，账本一本一本地叠起来，倒也壮观，唯一的用处就是在自清有闲心的时候，会随手抽出其中一本，看到是某某年的，他的思绪便飞回这个某某年，但是他已经记不清某某年的许多情形了，这时候，账本就帮助他回忆，从账本上的内容，他可以想起当年的一些事情，比如有一次他拿了1986年的账本出来，他先回想1986年是一个什么样的年头，但脑子里已经没有具体的印象了，账本上写着，86年2月，支出部分。2月3日支出：16元2角（酒：2元，肉皮：1元，韭菜：8角，点心：1元，蜜枣：1元3角，油面筋：4角，素鸡：8角，花生：5角，盆子：8元4角。）在收入部分记着：1月9日，自清月工资：64元。

当年的账本还记得比较简单，光是记账，但只是看看这样的账，当年的许多事情就慢慢地回来了，所以，当自清打开旧账本的时候，总是一种淡淡的个人化的享受。

如果一定要找出一点实际的作用，在自清想来，也就是对下一代进行一点传统教育，跟小孩子说，你看看，从前我们是怎么过日子的，你看看，从前我们过个年，就花这一点钱。但对自清的孩子来说，似乎接受不了这样的教育，他几乎没有钱的概念，就更没有节约用钱的想法，你跟他讲过去的事情，他虽然点着头，但是目光迷离，你就知道他根本没有听进去。

自清开始的时候可能是因为经济条件

差，收入低，为了控制支出才想到记账的，后来条件好起来，而且越来越好，自清夫妻俩的工作都不错，家庭年收入节节攀升，孩子虽然在上高中，但一路过来学习都很好，肯定属于那种替父母扒分的孩子，以后读大学或者出国学习之类都不用父母支付大笔的费用，家里新房子也有了，还买了一辆车，由家属开着，条件真的不错，完全没有必要再记账。更何况，这些账本既没有什么实际的用处，却又一年一年地多起来，也是占地方的，自清也曾想停止记账这一种习惯，但也只是想想而已，他做不到，别说做不到不记账，就算只是想一想，也觉得不行。一想到从此以后就再也没有账本了，心里就立刻会觉得空荡荡的，好像丢失了什么，好像无依无靠了，自清知道，这是习惯成自然。习惯，真是一种很厉害的力量。

那就继续记账吧。于是日子就这样一年一年地过去了，账本又一本一本地增加出来，每年年终的那一天，自清就将这一年的账本加入到无数个年头汇聚起来的账本中，按年份将它们排好，放在书橱里下层的柜子里，这是不要公示于外人的，是自己的东西。不像那些买来的书，是放在书橱的玻璃门里面的格子上，是可以给任何人看的，还是一种无言无声的炫耀。大家看了会说，哇，老蒋，十大藏书家，名不虚传。

现在自清打开书橱下面的柜门，就发现少了一本账本，少的就是最新的一本账本。年刚刚过去，新账本还刚刚开始使用，去年的那本还揣着温度的鲜活的账本就不见了。自清找了又找，想了又想，最后他想到会不会是夹在旧书里捐给了贫困地区。

如果是捐给了贫困地区，这本账本最后就和其他书籍一样，到了某个贫困乡村的学校里，学校是将这些捐赠的书统一放在学校，还是分到每个学生手上，这个自清是不知道的。但是自清想，这本账本对贫困地区的孩子来说，是没有用处的，它又不是书，又没有任何的教育作用，也没有什么知识可以让人家学的，更没有乐趣可言，人家拿去了也不一定要看，何况自清记账的方式比较特别，写的字又是比较潦草的字，乡下的小孩子不一定看得懂，就算他们看得懂，对他们也没有意义，因为与他们的生活和人生根本是不搭界的。最后他们很可能就随手扔掉了那本账本。

但是对于自清来说，事情就不一样了，少了这本账本，自清的生活并不受影响，但他的心里却一阵一阵地空荡起来，就觉得心脏那里少了一块什么，像得了心脏病的感觉，整天心慌慌意乱乱。开始家属和亲友还都以为他心脏出了毛病，去医院看了，医生说，心脏没有病，但是心脏不舒服是真的，不是自清的臆想，是心因反映。心因反应虽然不是气质性病变，但是人到中年，有些情绪性的东西，如果不加以控制和调节，也可能转变成具体的真实的病灶。

自清坐不住了，他要找回那本丢失的账本，把心里的缺口填上。自清第二天就到扶贫办公室去,他希望书还没有送走,但是书已经送走了。幸好办公室工作细致,造有花名册,记有捐书人的单位和名字,但因为捐赠物物多量大,不仅有书,还有衣物和其他物品,光造出来的花名册就堆了半房间。办公室的同志问自清误捐了什么重要的东西,自清没有敢说实话,因为工作人员都很忙,如果知道是找一本家庭的记账本,他们会觉得自清没事找事,给他们添麻烦。所以自清含糊地说,是一本重要的笔记本,记着很重要的内容。工作人员耐心地从无数的花名册中替他寻找,最后终算找到了蒋自清的名字。自清还希望能有更细致的记录,就是每个捐赠者捐赠物品的细目,如果有这个细目,如果能够记下每一本书的书名,自清就能知道账本在不在这里,但工作人员告诉他,这是不可能的,其实就算他们不说,自清也已经认识到这一点。也就是说,自清在花名册上找到自己的名字,名字后面的备注里写着"捐书一百五十二册",就是这件事情的结局了。至于自清的书,最后到了哪里,因为没有记录,没人能说清楚。但是大方向是知道的,那一批捐赠物资,运往了甘肃省,还有一点也是可以肯定的,自清的书和其他许许多多的捐赠物品一样,被捆扎在麻袋里,塞上火车,然后,从火车上被拖下来,又上了汽车,也许还会转上其他运输工具,最后到了乡间的某个小学或中学里,在这个过程中,它们的命运是不可知,是不确定的,麻袋与麻袋堆在一起,并没有谁规定这一袋往这边走那一袋往那边走,搬运过程中的偶然性,就是它们的命运,最后它们到了哪里,只是那一头的人知道,这一头的人,似乎永远是不能知道的。

其实这中间是有一条必然之路的,虽然分拖麻袋的时候会有各种可能性,但每一个麻袋毕竟是有它的去向的,自清的麻袋也一定是走在它自己的路上,路并没有走到头。如果自清能够沿着这条路再往前走,他会走到一个叫小王庄的地方。这个地方在甘肃省西部,后来小王庄小学一个叫王小才的学生,拿到了自清的账本,带回家去了。

王才认得几个字,也就中小那点水平,但在村子里也算是高学历了,他这一茬年龄的男人,大多数不认得字,王才就特别光荣,所以他更要督促王小才好好念书,王才对别人说,我们老王家,要通过王小才的念书,改变命运。

捐赠的书到达学校的那一天,并没有分发下来,王小才回来告诉王才,说学校来了许多书,王才说,放在学校里,到最后肯定都不知去向,还不如分给大家回家看,小孩可以看,大人也可以看。人家说,你家大人可以看,我们家大人都不识字,看什么看。但是最后校长的想法跟王才的想法是一致的,他说,以前捐来的那些书,到现在一本也没有了,与其这样,还不如分给你们大家带回去,如果愿意多看几本书,你们就互相交换着看吧。至于这些书应该怎么分,校长也是有办法的,将每本书贴上标号,然后学生抽号,抽到哪本就带走哪本,结果王小才抽到了自清的那本账本。账本是黑色的硬纸封皮,谁也没有发现这不是一本书,一直到王小才高高兴兴地把账本带回去家,交给王才的时候,王才翻开来一看,说,错了,这不是书。王才拿着账本到学校去找校长,校长说,虽然这不是一本书,但它是作为书捐赠来的,我们也把它当作书分发下去的,你们不要,就退回来,换一本是不可能的,因为学校已经没有可以和你们交换的书了,除非你找到别的学生和他们的家长愿意跟你们换的,你们可以自由处理。但是谁会要一本账本呢,书是有标价的,几块、十几块,甚至有更厚更贵重的书,书上的字都是印出来的,可账本是一个人用钢笔写出来的,连个标价都没有,没人要。王才最后闹到乡的教育办,教育办也不好处理,最后拿出他们办公室自留的一本《浅论乡村小学教育》,王才这才心满意足地回家去。

那本账本本来王才是放在乡教育办的，但教育办的同志说，这东西我们也没有用，放在这里算什么，你还是拿走吧。王才说，那你们不是亏了么，等于白送我一本书了。教育办的同志说，我们的工作都是为了学生，只要学生喜欢，你尽管拿去就是。王才这才将书和账本一起带了回来。

可这教育办的书王才和王小才是看不懂的，它里边谈的都是些理论问题，比如说，乡村小学教育的出路，说是先要搞清楚基础教育的问题，但什么是基础教育问题，王才和王小才都不知道，所以王才和王小才不具备看这本书的先决条件。虽然看不懂，但王才并不泄气，他对王小才说，放着，好好地放着，总有你看得懂的一天。丢开了《浅论乡村小学教育》，就剩下那本账本了。王才本来是觉得沾了便宜的，还觉得有点对不住乡教育办，但现在心情沮丧起来，觉得还是吃了亏，拿了一本看不懂的书，再加上一本没有用的城里人记的账本，两本加起来，也不及隔壁老徐家那本合算，老徐家的孩子小徐，手气真好，一摸就摸到一本大作家写的人生之旅，跟着人家走南闯北，等于免费周游了一趟世界。王才生气之下，把自清的账本提过来，把王小才也提过来，说，你看看，你看看，你什么臭手，什么霉运？王小才知道自己犯了错，垂落着脑袋，但他的眼睛却斜着看那本被翻开的账本，他看到了一个他认得出来但却不知其意的词：香薰精油。王小才说，什么叫香薰精油？王才愣了一愣，也朝账本那地方看了一眼，他也看到了那个词：香薰精油。

王才就沿着这个"香薰精油"看下去了，他无论如何也想不到，他这一看，就对这本账本产生了强烈的兴趣，因为账本上的内容，对他来说，实在太离奇了。

我们先跟着王才看一看这一页账本上的内容，这是2004年的某一天中的某一笔开支：午饭后毓秀说她皮肤干燥，去美容院做测试，美容院推荐了一款香薰精油，7毫升，价格：

679元。毓秀有美容院的白金卡，打七折，为475元。拿回来一看，是姆指大的一瓶东西，应该是洗过脸后滴几滴出来按在脸上，能保湿，滋润皮肤。大家都说，现在两种人的钱好骗，女人和小孩，看起来是不假。

  王才看了三遍，也没太弄清楚这件事情，他和王小才商榷，说，你说这是个什么东西。王小才说，是香薰精油。王才说，我知道是香薰精油。他竖起姆指，又说，这么大个东西，475块钱？他是人民币吗？王小才说，475块钱，你和妈妈种一年地也种不出来。王才生气了，说，王小才，你是嫌你娘老子没有本事？王小才说，不是的，我是说这东西太贵了，我们用不起。王才说，呸你的，你还用不起呢，你有条件看到这四个字，就算你福分了。王小才说，我想看看475块的大姆指。王才还要继续批评王小才，王才的老婆来喊他们吃饭了，她先喂了猪，身上还围着喂猪的围裙，手里拿着猪用的勺子，就来喊他们吃饭，她对王才和王小才有意见,她一个人忙着猪又忙着人,他们父子俩却在这里瞎白话。王才说,你不懂的,我们不是在瞎白话,我们在研究城里人的生活。

王才叫王小才去向校长借了一本字典,但是字典里没有"香薰精油",只有香蕉香肠香瓜香菇这些东西,王才咽了一口口水,生气地说,别念了,什么字典,连香薰精油也没有。王小才说,校长说,这是今年的最新版本。王才说,贼日的,城里人过的什么日子啊,城里人过的日子连字典上都没有。王小才说,我好好念书,以后上初中,再上高中,再上大学,大学毕业,我就接你们到城里去住。王才说,那要等到哪一年。王小才掰了掰手指头,说,我今年五年级,还有十一年。王才说,还要我等十一年啊,到那时候,香薰精油都变成臭薰精油了。王小才说,那我就更好好地念书,跳级。王才说,你跳级,你跳得起来吗,你跳得了级,我也念得了大学了。其实王才对王小才一直抱有很大希望的,王小才至少到五年级的时候,还没有辜负王才的希望,王才也一直是以王小才为荣的,但是因为出现了这本账本,将王才的心弄乱了,他看着站在他面前拖着两条鼻涕的王小才,忽然就觉得,这小子靠不上,要靠自己。

王才决定举家迁往城里去生活,也就是现在大家说的进城打工,只是别人家更多的是先由男人一个人出去,混得好了,再回来带妻子儿子。也有的人,混得好了,就不回来了,甚至在城里另外有了妻子儿子,也有的人,混得不好,自己就回来了。但王才与他们不同,他不是去试水探路的,他就是去城里生活的,他决定要做城里人了。

说起来也太不可思议,就是因为账本上的那四个字"香薰精油",王才想,贼日的,我枉做了半辈子的人,连什么叫"香薰精油"都不知道,我要到城里去看一看"香薰精油"。王才的老婆不同意王才的决定,她觉得王才发疯了。但是在乡下老婆是做不了男人的主的，别说男人要带她进城，就是男人要带她进牢房下地狱，她也不好多说什么。王小才的态度呢，一直很暧昧，他只觉得心里慌慌的，乱乱的，最后他发出的声音像老鼠那样吱吱吱的，他说，我不要去，我不要去。可是王才不会听他的意见，没有他说话的余地。

　　王才说走就走，第二天他家的门上就上了一把大铁锁，还贴了一张纸条，欠谁谁谁3块钱，欠谁谁谁5块钱，都不会赖的，有朝一日衣锦还乡时一定如数加倍奉还，至于谁谁谁欠王才的几块钱，就一笔勾销，算是王才离开家乡送给乡亲们的一点心意。王才贴纸头的时候，王小才说，如数加倍是什么意思？王才说，如数就是欠多少还多少，加倍呢，就是欠多少再加倍多还一点。王小才说，那到底是欠多少还多少还是加倍地还呢？王才说，你不懂的，你看看人家的账本，你就会懂一点事了。其实王小才还应该捉出王才的另一些错误，比如他将一笔勾销的"销"写成了"消",但王小才没有这个水平,他连"一笔勾消"这四个字还是第一次见到。

除了衣服之外,王才一家没有带多余的东西,他们家也没有什么多余的东西,只有自清的那本账本,王才是要随身带着的,现在王才每天都要看账本,他看得很慢,因为里边有些字他不认得,也有一些字是认得的,但意思搞不懂,就像香薰精油,王才到现在还不知道它是什么。

在车上王才看到这么一段:"周日,快过年了,街上的人都行色匆匆,但精神振奋,面带喜气。下午去花鸟市场,虽天寒地冻,仍有很多人。在诸多的种类中,一眼就看中了蝴蝶兰,开价800元,还到600元,买回来,毓秀和蒋小冬都喜欢。搁在客厅的沙发茶几上,活如几只蝴蝶在飞舞,将一个家舞得生动起来。"

后来王才在车上睡着了,他做了一个梦,梦见一只蝴蝶对他说,王才,王才,你快起来。王才急了,说,蝴蝶不会说话的,蝴蝶不会说话的,你不是蝴蝶。蝴蝶就笑起来,王才给吓醒了,醒来后好半天心还在乱跳,最后他忍不住问王小才,你说蝴蝶会说话吗?王小才想了想,说,我没有听到过。

这时候,他们坐的车已经到了一个火车小站,在这里他们要去买火车票,然后坐火车往南,往东,再往南,再往东,到一个很远的城市去。中国的城市很多,从来没有出过门的王才,连东南西北也搞不清的王才,怎么知道自己要到哪个城市呢。毫无疑问,是自清的账本指引了王才,在自清的账本的扉页上,不仅记有年份,还工工整整地写着他们生活的城市的名称。他写道:自清于某某年记于某某市。

在这里停靠的火车都是慢车,它们来得很慢,在等候火车到来的时候,王才又看账本了,他想看看这个记账的人有没有关于火车的记载,但是翻来翻去也没有看到,最后王才拍地打了一下自己的嘴巴,说,你真蠢,人家是城里人,坐火车干什么?乡下人才要坐火车进城。

其实自清最后还是去了一趟甘肃。他和王才一家走的是反道,他先坐火车,再坐汽车,再坐残疾车,再坐驴车,最后在甘肃省的西部找到了小王庄,也找到了小王庄小学,最后也知道了自己的账本确实是到了小王庄小学,是分到了一个叫王小才的学生手里,王小才的家长还对此有意见,还跑到学校来论理,最后还在乡教育办拿了另一本书作补偿。自清这一趟远行虽然曲折却有收获,可是他来晚了一步,王小才的父亲带着他们全家进城去了。他们坐的开往火车站的汽车与自清坐的开往乡下的汽车,擦肩而过,会车的时候,王才正在看自清的账本,而自清呢,正在车上构思当天的账本记录内容。但他在车上的所有构思和最后写下的已经不是一回事了,因为在车上的时候,他还没有到达小王庄。

这一天晚上,自清在小旅馆里,借着昏暗的灯火,写下了以下的内容:"初春的西部乡村,开阔,一切是那么的宁静悠远,站在这片土地上,把喧嚣混杂的城市扔开,静静地享受这珍贵的平和。我到小王庄小学的时候,校长不在学校,他正在法庭上,他是被告,学校去年抢修危房的一笔工程款,他拿不出来,一直拖欠着。校长当校长第四个年头,已经第七次成为被告。中午时分,校长回来了,笑眯眯地对我说,对不起,蒋同志,让你等了。他好像不是从法庭上下来。平静,也许是因为无奈,也许是因为穷困,才平静。我说,校长,听说你们欠了工程款,校长说,本来我们有教育附加费,就一直寅吃卯粮,就这么挪下去,撑下去,现在取消了教育附加费,挪不着了,就撑不下去了。我说,撑不下去怎么办?校长说,其实还是要撑下去的,学校总是要办的,学生总是要上学的,学校不会关门的,蒋同志你说对不对。面对贫困的这种坦然心态,在日新月异的城市里是很难见着的。今天的开支：旅馆住宿费：3元，残疾车往：5元（开价2元），驴车返：5元（开价1元），早饭：2角。玉米饼两块，吃下一块，另一块送给残疾车主吃了。晚饭：5角。光面三两。午饭：5角（校长说不要付钱，他请客，还是坚持付了，想多付一点，校长坚决不收），和小学生一起吃，白米饭加青菜，还有青菜汤。王小才平时也在这里吃，今天他走了，不知道今天中午他在哪里吃，吃的什么。"

自清最后在王小才家的门上，看到了那张纸条，字写得歪歪扭扭，自清以为就是那个分到他的账本的小学生写的，却不知道这字是小学生的爸爸写的，虽然王小才已经念到五年级，他的爸爸王才才四年级的水平，平时家里的文字工作，都是由王小才承担的，但这一回不同了，王才似乎觉得王小才承担不起这件事情，所以由他出面做了。

自清最终也没有找回自己丢失的账本，但是他的失落的心情却在长途的艰难的旅行中渐渐地排除掉了，当他站到那座低矮的土屋前，看到"一笔勾消"这四个字的时候，他的心情忽然就开朗起来，所有的疙疙瘩瘩，似乎一瞬间就被勾销了，他彻底地丢掉了账本，也丢掉了神魂颠倒坐卧不宁的日子。

自清从大西北回来，看到他家隔壁邻居的车库里住进了一户外来的农民工家庭。在自清住的这个小区里，家家都有车库，有些人家并没有买车，也或者车是有的，但那是公车，接送上下班后，车就走了，不停在他家，这样车库就空了出来，有的人家就将车库出租给外来的人住。

这个农民工就是王才。王才做的是收旧货的工作，所以他和小区里的人很快就熟悉起来。天气渐渐地热了，有一天自清经过车库门口，看到王才和他的妻子在太阳底下捆扎收购来的旧货，他们满头大汗，破衣烂衫都湿透了。小区里有一只宠物狗在冲着他们叫喊，小狗的主人要把小狗牵走，还骂了它,王才说,不要骂它,它又不懂的。狗主人说,不懂道理的狗东西。王才说,没事的,它跟我们不熟,熟了就不叫了,狗都是这样的。下晚的时候,自清又经过这里,他看到他们住的车库里,堆满了收来的旧货,密不透风,自清忍不住说,师傅,车库里没有窗,晚上热吧?王才说,不热的。他伸手将一根绳线一拉,一架吊扇就转起来了,呼呼作响。王才说,你猜多少钱买的?自清猜不出来。王才笑了,说,告诉你吧,我拣来的,到底还是城里好,电扇都有得拣。自清想说什么却没有说得出来,王才又说,城里真是好啊,要是我们不到城里来,哪里知道城里有这么好,菜场里有好多青菜叶子可以拣回来吃,都不要出钱买的。王才的老婆平时不大肯说话的,这时候她忽然说,我还拣到一条鱼,是活的,就是小一点,鱼贩子就扔掉了。自清说,可是在乡下你们可以自己种菜吃。王才说,我们那地方,尽是沙土,也没有水,长不出粮食,蔬菜也长不出来,就算有菜,也没得油炒。自清从他们说话的口音中,感觉出他们是西部的人,但他没有问他们是哪里人。他只是在想,从前老话都说,金窝银窝,不如自家的狗窝,但是现在的人不这么想了,现在背井离乡的人越来越多了。

王才和自清说话的时候,是尽量用普通话说的,虽然不标准,但至少让人家能听懂大概的意思,如果他们说自己的家乡话,自清是听不懂的。后来他们自己就用家乡话交流了,王小才从民工子弟学校放学回来的时候,王才跟王小才说,我叫你到学校查字典你查了没有?王小才说,我查了,学校的大字典有这么大,这么厚,我都拿不动。王才说,蝴蝶兰是什么呢?王小才说,蝴蝶兰就是一种花。王才说,贼日的,一朵花也能卖这么多钱,城里到底还是比乡下好啊。

这些话,自清都没有听懂,但他听出

了他们对生活的满意。后来他们还说到了他的账本，他们感谢这本账本改变了他们的生活，让他们从贫穷的一无所有的乡下来到繁华的样样都有的城市。自清也一样没有听懂，他也不知道现在王才每天晚上空闲下来，就要看他的账本，而且王才不仅看自清的账本，王才自己也渐渐地养成了记账的习惯。王才记道："收旧书35斤，每斤支出5角，卖到废品收购站，每斤9角，一出一进，净赚4角×35斤，等于14元整。到底城里比乡下好。这些旧书是住在楼上那个戴眼镜的人卖的，听说他家的书多得都放不下了，肯定还会再卖。我要跟他搞好关系，下次把秤打得高一点。"

一个星期天，王小才跟着王才上街，他们经过一家美容店，在美容店的玻璃橱窗里，王才和王小才看到了香薰精油，王小才一看之下，高兴地喊了起来，哎嘿，哎嘿，这个便宜哎，降价了哎，这瓶10毫升的，是

407块钱。王才说，你懂什么，牌子不一样，价格也不一样，便宜个屁，这种东西，只会越来越贵，王小才，我告诉你，你乡下人，不懂就不要乱说啊。

我在哪里丢失了你

王友早就忘记了他拿到别人的第一张名片是在什么时候，什么场合，那是一个什么人，什么身份，什么模样等等，都记不得，甚至是男是女都想不起来了，没有了一丁一点的印象。后来他也曾努力地回忆过，却是徒劳。他问了问身边年纪较长的人，社会上大概是什么时候开始流行名片的，结果谁也说不准，有人说好像是在80年代后期，也有人说好像更早一点，或者好像更晚上一点。其实这都无关紧要。从前谁都没见过这东西，可是自从流行起来后，发展的速度快得惊人，一下子就像漫天的大雪，飘得满地都是了。现在保姆也印名片，方便有东家请他们干活。还有一个骗子也印了名片，发给路人，是专门教人骗术的。有人说幼儿园的小朋友也互相交换名片呢。就像你走在大街上，看到扫大街的人，穿着又旧又破的工作服，一看模样就知道外地来的农民工，但他扫着扫着，掏出手机往地上一蹲就打起电话来了。这也不稀罕。所以，任何的谁掏出个名片来都是稀松平常。或者你走在街上，街面上竟然散落了好多名片，像树叶一样，不小心踩到一张，你心里正有点不过意，不小心又踩了一张。踩到人家的名片，就是踩到了一个人的名字。一个人的名字是不应该随便被人踩的，但是因为街面上的名片好多，你得小心着点，才能躲避开来。

　　名片也是拉动经济发展的一个重要因素，别说有些人因为给了别人一张名片，从此就交上了好运，大发其财，或者撞上艳福，即使是那些印名片的小店，五六七八个平米一间的店面，也催生了好多小老板呢。

　　名片多起来了，就应运而生地有了名片薄，像夹照片的照片薄一样，虽然有大有小，有厚有薄，有华丽有朴素，但大致都有一个漂亮的封面，内里是塑料薄膜的小夹层，规格比照片的夹层要小，按照名片的大小量身定做，一般都是9cm×5.5cm。如果碰到一些有个性的人设计出来的有个性的特型名片，就夹不进去了。比如超大或超长的名片，比如用其他物质材料做的名片，像竹片啦，布料啦，芦苇啦，就有点麻烦。但这样的人和这样的名片毕竟只是少数，少而又少。大多数人也只是在9cm×5.5cm的大前提下，稍有些变化，比如用的字体不是印刷体而是自己的书法体，比如在名片上画些背景画，也比如只印姓名和电话而不印任何头衔职务身份，或者是在纸张的颜色上有所变化，淡绿的，粉红的，天蓝的，等等，却是万变不离其宗的。这许许多多花式花样夹在名片薄里，一打开来多少有点像照相薄。打开照相薄，看着一张张照片，能让人回忆起彼时彼地的情景，打开名片薄也一样能让你回想起一些往事，看到排列着的一个个的名字，你会想起了那一次次的交往，有的有趣，有的无趣，有的开心，有的并不怎么开心，有的有实质性的意义，有的只是虚空一场，但无论怎么样，这总是一段人生的经历吧。

但是如果时间太长久了，或者记性不太好，有的就记不清了，有的只能想起一个大概，有的也许全部忘记了。这是一个什么人，在什么场合给我的名片，甚至觉得完全不可能，这样一个身份的人，和自己怎么会碰到一起呢，比如一个造原子弹的和一个卖茶叶蛋的，怎么可能碰到一起交换名片呢？但名片却明明白白地夹在名片簿里，你赖也赖不掉的。一些与自己的工作和生活完全不搭界的人，就这样出现在你的名片簿里了。你下死功地想吧，推理吧，你怎么推也推不出一个相对合理的解释和可能性。可是名片它就死死地守在名片簿里，等你偶而打开的时候，它就在那儿无声地告诉你，你忘记了历史。

王友也曾经忘记了一些历史，他丢失了他一生中接过来的第一张名片，但是在他保存的名片薄里,却是有第一张名片的。王友的名片薄是编了序号的,在每一本中,名片又是按收到的时间顺序夹藏的,那个人就夹在他的第一本名片薄第一页第一个格子里。他叫杜中天。这个人跟王友现在的生活并没有任何的关联,王友也只是在接受他的名片的时候见过他一次,后来再也没有接触过。但是王友把他的名片留下来了,这就和被他丢了名片的人不一样了。如果王友有闲遐有兴致,可以把他的许多本名片薄拿出来,如果按照编号排序翻看翻看,第一眼,他就会看到杜中天。看到杜中天这个名字,有时他会闪过一个念头,想照这个名片上的电话试着打打看,许多年过去了,这个杜中天会不会还是老号码呢?肯定不会了,因为他们这个城市的电话号码已经从六位升到了七位,又从七位升到了八位。但是,话又说回来,每次升电话号码,都不是乱升的,都有规律,比如第一次六升七时,是在所有的电话号码前加一个数字5,第二次升级时,是加一个7，所以，如果王友在杜中天的老号码前加上7和5这两个数字，能打通也是有可能的。不过王友从来没有打过这样的电话，他不会吃饱了撑着送去被人骂一声十三点有毛病。

留下杜中天的名片，是一个特殊的原因。多年前的一天，王友和一群人在饭店里吃饭。和大多数的饭局一样，他们坐下来先交换名片，这似乎已经成了一个规矩，好像不先交换名片就开吃，心里总不是很踏实，不知道吃的个什么饭，也不知道坐在身边的、对面的，都是些什么人，饭局就会拘谨，会无趣，甚至会冷冷清清的酒也喝不起来。一旦交换了名片，知道某某人是什么什么，某某人又是什么什么，就热络起来了，可以张主任李处长地喊起来了，也有话题可以说起来了。当然，在这样的场合，也可能有个别人拿不出名片来。别人就说，没事没事，你拿着我的名片就行。拿不出名片的人赶紧说，抱歉抱歉，我的名片刚好发完了，下次补，下次补。其实这"下次补"也只是说说而已，谁知道还有没有下次呢。现在的饭，有许多都是吃得莫名其妙的，有的是被拉来凑数填位子的，酒量好一点的那多半是来陪酒的，也有的人有点身份地位，那必是请来摆场面的，还有专程赶来买单的，或者是代替另一个什么人来赴宴的，如此等等，结果经常在一桌酒席上，各位人士之间差不多是八杆子打不着的，竟然也凑成了一桌聚了起来。有一次王友有事想请一位领导吃饭，领导很忙，约了多次总算答应了，但饭店和包间却都是领导亲自指定的，结果王友到了饭店，进包厢一看，领导还没到，倒已经来了一桌的人，互相之间一个也不认得，但他们有一个共同点，就是都认得那位领导。起先大家稍觉难堪，后来领导到了，朝大家看一圈，笑道，哈，今天只有我认得你们所有的人，给大家一一作了介绍，大家都起身离开位子出来交换名片，立刻就放松活络了，也都知道领导实在太忙，分身无术，就把毫无关系的大家伙凑到一块了。那一顿本来应该是很尴尬的饭，结果竟是热闹非凡，最后喝倒了好几个呢。

也有糊涂一点的人，喝了半天的酒，你敬我我敬你，说了半天的话，你夸我我夸你，最后也不知道那人是谁。所以，还是交换个名片方便一些，至少你看了人家的名片，知道自己是在和谁一起吃饭。没有名片的人不多，名片刚好发完的也毕竟是少数，还有个别个性比较独特的人，你们名片发来发去，我就偏没有，有也不拿出来给你们。大家也会原谅他，还会说几句好听的，比如说，名人才不需要名片呢。

王友收好名片，酒席就热热闹闹地开始了。那一天他们的宴会进行得不错，该喝的酒都喝了，该说的话都说了，想通过酒席来解决的问题也有了眉目，酒宴结束时，大家握手道别，有的甚至已经称兄道弟起来了。

大家酒足饭饱地涌出饭店，有人在前人在后，王友走在中间，他面前有一拨人，后面也有一拨人。走了几步，王友就看到前面的一个人手里扔出一个白色的东西,飘了一两下,就落到地上。王友捡起来一看,是一张名片,名字是杜中天,正是酒席上另一位客人的名片,他也把名片给了王友,那杜中天三个字正在王友的口袋里揣着呢。王友"哟"了一声,后面的一个人就走上前来了,凑到他身边看了看,这人正是杜中天,他看到自己的名片从地上被捡起来,脸色有点尴尬,"嘿"了一声。王友顿时红了脸,赶紧上去推推前边那个人,把名片递给他说,你掉了东西。那个人回头看了看王友,也看看杜中天,天色黑咕隆咚,看不太清,他说,不是我掉的,是我扔掉的,名片太多了,留着也没什么用。杜中天像挨了一拳,脸都歪了。王友赶紧提醒扔名片的人说,咦,你怎么忘了,这就是杜中天呀。那个人还没有领悟,说,杜中天?杜中天是谁啊?杜中天脸色铁青说,杜中天是我。从王友手里夺过名片,"嘶啦嘶啦"几下就把名片撕了,然后用劲朝天上一扔,撕成了碎片的名片，就像雪花一样，飘飘洒洒摇摇晃晃地落了下来。名片的碎片没有完全落地的时候，杜中天就已经消失在黑夜中，给大家留下了一个生气的背影。王友呆住了，他以为那个扔名片的人会很难堪，不料他还是那样无所谓，还笑了笑，说，噢，他是杜中天，生什么气嘛，留着他的名片有什么用嘛。这么说了还觉得说得不过瘾，又拍拍王友的肩，说，朋友，别自欺欺人啦，这名片，你今天不扔，带回去，收起来，过几个月，过半年，看它还在不在，肯定也一样扔掉了，所以嘛，何必多那番手脚，晚扔不如早扔。

　　王友看了看地上洒落的名片碎屑，心里有点难过，觉得有点对不住杜中天，好像当着杜中天的面扔掉杜中天名片就是他自己。在这之前，王友也扔掉过别人的名片，但他不会当场就扔掉，他会先带回家，在抽屉放一阵子，到以后抽屉里东西多了，塞不下了，整理抽屉时，就把这些没用的名片一起清理了。

自从那天晚上杜中天洒了一把碎片、留下了一个愤愤的背影以后，王友就再也没有扔掉过任何人的名片，他把杜中天的名片夹在名片薄的第一页第一格，从此以后，天长日久，他留存下了所有人给他的名片，夹满了厚厚的十几本名片薄。

王友偶而也会去翻翻那些保留下来的名片，那多半是在书房里东西堆得越来越多越来越乱，忍受不下去，不得不整理的时候。在整理的过程中，肯定会看到许多年积累下来的许多名片。开始的时候，他还能想起一些人和一些事，后来时间越久，名片越多，就基本上都是些莫名其妙的人名和身份了。有一次他还看到一张"科奥总代理"的名片，王友怎么也想不起来，这个科奥是个什么，总代理又是什么意思，分析来分析去，总觉得是一件讲科学的事情，而王友只是一个地方志办公室的内刊编辑，跟这个科奥总代理，那是哪儿跟哪儿呀？王友拍打拍打自己的脑门子，觉得那里边塞得满满的，但该记得的东西却都找不着了。

　　由名片提供的方便很多,由名片引起的麻烦也一样的多。王友就碰到过这么一个人,不知在什么场合得到王友的一张名片,就三天两头打王友的手机,要求王友指点指点他正在写着的一部历史小说,他告诉王友,小说才写了个开头,想请王友看看,是不是值得写下去。王友开始还很认真负责地替他看了几页,可还没等王友发表意见,第二批稿子又来了,紧接着,第三批,第四批,接二连三地来了。王友这才发现,他哪里是才写了个开头,已经写下了一百多万字了。这是个完全没有写作能力的人,王友也不想再接触他了,这个人却没完没了不屈不挠。王友把他的电话储进自己的手机,一看到来电显示是这个人,他就不接电话。但这个人也有本事,这个电话你熟悉了,不肯接,那我就换一个你不熟悉的电话打给你,王友又上当了,如此这般斗智斗勇斗了近半年,王友实在忍不住了,跟他说,老李啊,我不是出版社的编辑,你的要求我实在无法满足你。那人说,王老师,我没有要求你帮我做什么呀,我只是请你关心关心我而已,我是一个下了岗的人,我热爱历史,热爱写作,你可能对我还不了解,要不,我再把我的经历简单地讲给你听听吧。王友只听到自己的脑袋里"轰"地一声响。

王友的脑袋还在嗡嗡作响,他的一个同事就带着一位老太太站到了他的办公桌前,同事敲着他的桌子说,王友,想什么心思呢?王友这才清醒过来,看到面前有位老太太正朝他笑呢,王友也勉勉强强地笑了一下。老太太说,你是王友吗?王友说,我是。

王友因为工作的原因,经常会和一些关心历史的人打交道,特别是一些热心的老人,他们有时候会主动找上门来,提供一些关于这个城市的往事。老人往往啰嗦絮叨,一说话半天也打不住,但这正是王友所需要的,王友就是要从这些絮语中,发现珍贵的失落的历史记忆。

可面前的这位老太太听王友说他就是王友后,却没有急着说她要说的话,而是将他上上下下打量了一番,好像不相信他是王友,怀疑说,你就是王友?你是王友吗?王友说,我是王友。老太太头微微摇着头,也不知道她是不承认王友就是王友呢,还是她要找的人不是王友。同事们在旁边笑起来,有一个同事说,老王,老太太怀疑你是假的,你把身份证给老太太看看吧。老太太眼巴巴地看着王友的手,过一会又看着他的口袋,看起来还真的要等他拿身份证呢。王友忍不住说,身份证有什么用,身份证也有假的呢。王友这么一说,老太太倒笑起来,说,好,好,我相信你,你是王友就好,我找到你了。王友说,我不认得你,你是怎么认得我的?老太太说,你不认得我,但是有一个人,你肯定认得——许有洪,许有洪你认得吧?我就是许有洪的老伴。老太太见王友发愣,又说,王友,你怎么啦?你怎么不说话?你是王友吗?王友说,我是王友,可是，可是我不记得许、许什么？许有洪？老太太说，你不记得他，可他记得你，他有你的名片，我就是按照你的名片找到你的。王友又努力地想了想，还是想不起来，只得说，真的很抱歉，发出去的名片很多，不一定都能记住，我实在想不起来——老太太说，如果你肯定是王友，你一定会记得许有洪的，这样吧，你有空到我家来一趟好吗？王友疑惑地看着老太太，老太太已经把一张名片递给他了，说，你什么时候来都可以，我一直在家。说完话，老太太拄着拐棍就走了。王友捏着那张名片，愣了半天。同事在一边笑话说，王友，你可是有丈母娘的人，怎么又来一个相女婿的。

王友看了看名片，才知道老太太给他的是她老伴许有洪的名片。名片上只印了许有洪三个字，没有头衔职务，也没有单位名称和地址，倒是印着详细的家庭地址和联系电话。王友觉得这事情有点怪异，不想多事，随手就把这张名片丢在办公室的抽屉里了。

接下来的一个双休日,王友休息在家,心里却老有什么事情搁着,不踏实,想来想去,感觉就是那个许有洪的名片在作怪。王友又后悔自己乱发名片,这个许有洪,也不知是什么时候拿到他的名片的,也不知想要干什么,为什么自己不来,要叫老太太来,他翻来覆去地回忆,也回忆不出什么来,一点点蛛丝马迹都没有,最后王友干脆想,去就去一趟吧,什么谜,什么怪,走一趟不就知道了吗?再说了,一个七老八十的老太太,即便有什么怪,她还能怪到哪里去。

星期天的下午,王友先绕到单位,从抽屉里拿了名片,按名片的地址,找到了老太太的家。一敲门,老太太像是守在那儿呢,很快就开了门,笑着对王友说,王友,我知道你会来的。

一进门,王友就看到墙上有一张老先生的遗照,老太太在旁边说,他就是许有洪,走了半年了。

王友仔细地看了得许有洪的照片,还

是不能确定自己是不是认得他,也仍然想不起来自己在什么场合把名片给他的。他跟老太太说,我的记性太差,我发的名片也太多了,我打几个电话问问别人吧,也许他们能够记起来。老太太微微地笑了一下,指了指座机电话说,你用这个打吧。

王友打了几个电话,有朋友,有亲戚,有同事,但是没有人认得许有洪,倒是对王友的问题感觉奇怪,有的说,你干什么,这个许有洪跟你什么关系?有的说,许有洪怎么啦,他是不是股票专家啊?七扯八绕,电话打到后来,王友彻底失望了,最后的一个电话他都不想多说了,只报了许有洪三个字,对方却马上说,许有洪,许有洪怎么不认得,不就是许有洪吗?王友一激动,赶紧问,是许有洪,你认得他?对方说,不光认得,现在就在一起打麻将呢,你要跟他说话吗?王友吓了一跳,说,不对不对,许有洪半年前就去世了。他朋友"呸"了他一声,骂道,你咒谁呢?

王友挂了电话，无奈地朝老太太摇摇头，老太太却点了点头，感叹地说，唉，现在的人，忘性真大。她回头看了看墙上的遗像，说，老许啊，虽然别人不记得你，但总算有个人记得你，总算有个人来看你啦。老太太打开柜门，取出一本又小又薄的名片簿，说，王友，你看看，老许生前留下的名片很少，总共就这么多，你的名片就在里边。王友接去一看，果然他的名片夹在许有洪的名片薄里，他仔细地看了看，这还是一张比较新近的名片，因为头衔是他当了主编后的头衔了，这事情也不过才半年。自己怎么就会忘记发生不到半年的事情呢？他到底是在什么场合把自己的名片给许有洪的呢？

老太太告诉王友，许有洪去世前，把名片薄交给她，说名片薄里留下的，都是平时关系特别好的人。以后她孤身一人，有什么困难，可以找他们。凡是不够朋友的人，他都没有保留他们的名片，凡是保留下来的，一定是够朋友的好人。可是，许有洪去世后，老太太挨个给名片薄里的人打电话，却没有人记得许有洪，也有几个人，依稀记得许有洪这么个名字，但一旦问清楚了情况，得知许有洪去世了，就立刻糊涂起来，再也想不起任何关于许有洪的事情了。老太太说归说，她也知道王友并不完全相信她说的话，所以老太太又说，你不相信的话，可以打电话试试，这名片薄里边的人，你随便打哪个，看他们肯不肯来，看他们记不记得许有洪。

王友觉得很荒唐，他不可能去打那些电话，一个连他自己也不认得的人，他凭什么去责问别人认不认得他？

老太太叹了一口气，说，不打也罢，打了也是白打，没有人会来的。老太太请王友坐下，向他表示感谢，感谢他肯到她家来，肯来看一看许有洪的遗像，老太太说，这对许有洪的在天之灵，是一个安慰。

王友又下意识地看了看许有洪的遗像，许有洪笑眯眯的，确实对他很满意的样子，王友还是想跟老太太解释清楚他真的不认得许有洪,但话到嘴边,他却再也没有说出来。

老太太开始给他讲许有洪了,她说许有洪活着的时候经常说起王友,说有一次王友喝多了啤酒,尿急了,也没看清标识,一头就钻进了女厕所,正好许有洪跟在王友后面上厕所,发现后赶紧替他挡着女厕所的门,看到有女同志来,就骗她们说厕所坏了,不能用。后来王友从女厕所出来,尿畅快了,酒也醒了,还反过来责问许有洪,为什么站在女厕所门口,是不是想偷窥呢。

王友一点也不记得这件事情,就像他始终没有想起许有洪一样,但是他不再解释,也不再分辩,任由老太太去说,说到一定的时候,他还会凑上去加几句补充一下情节,比如,老太太又说了一件事,说王友有一次喝喜酒,走错了场子,走进另一对新人的婚宴了,但恰好许有洪也在参加那一对新人的婚宴,王友就以为自己走对了,坐下来吃喝完毕,到散场也没有发现自己错了。王友说，是呀，后来请我喝喜酒的朋友问我，说好了要来，结果不来，说话不算数。我觉得很冤，跟他说，我怎么没来，人太多了，我没看见你，我就把红包给你外甥了。我朋友说，瞎说，你根本就没来。我说，许有洪可以作证，许有洪和我坐一张桌子。我朋友说，许有洪是谁，我根本就不认得许有洪，我怎么会请他喝我外甥的喜酒。闹了半天，才知道是我走错了场，许有洪是吃另外一家的喜酒的。老太太听了，开心地大笑起来，说，是呀是呀，老许回来也跟我这么说的。王友觉得自己越来越进入角色，现在他什么事都记起来了，而且记得清清楚楚，连很小的细节也能说出来。

　　为了装得更像一点，把细节说得更真实一点，王友也有说过头的时候，有一两次就差一点露馅了。老太太给王友看了看名片薄里的另一张名片，这是一个歌舞厅老板的名片，老太太说，那一次老许认得了这个老板，老板非要给老许名片，老许不要，老板还生了气，我们家老许，是个老实人，一看人家生气了，就赶紧收下来了，回来还跟我说，这个老板，是个好人。王友听老太太说得津津乐道的，也忍不住加油添醋说，对了，我想起来了，那一次我也在场，我们和老许一起跟着这老板去唱歌，没想到老许唱歌唱和那么好，年纪那么大了，中气还那么足，整整一个晚上，老许唱了一支又一支，简直是个麦霸，嗓子都唱哑了，回来你没发现？老太太听了王友这话，开始没作声，过了一会，朝王友看看，说，王友，你是不是记错了，老许是左嗓子，唱歌跑调，他从来不唱歌的，怎么会去歌舞厅唱歌把嗓子唱哑了呢？王友赶紧圆回来说，是吗是吗，噢，是的是的，是我记错了，那不是老许，是另外一个人，我把他们搅成同一个人了。老太太笑了，说，你看看，现在你们这些年纪轻的人，记性都不如老年人。

　　王友一直没弄清老太太叫他来的目的，难道就是为了说一些他根本就不知道、根本没有经历过的事情？难道就是为在一张遗像面前说这些莫名其妙的事情，给遗像一点安慰？王友胡乱地应付了一阵，最后终于忍不住问老太太，是不是有人欠了许有洪的钱不还，还是有什么其他的难处？

老太太说，没有人欠钱，也没有人欠什么东西，谁也不欠谁的。王友说，那您让我来到底是——老太太摆了摆手，打断他说，谢谢你王友，谢谢你来跟我说了许多老许的事情，其实我知道，你说的都不是老许的事情，你说的都是假的。王友彻底愣住了。老太太又说，其实，我跟你说的老许的事情也是假的，你根本就不认得老许，老许也一样不认得你。王友奇怪了，指了指老许的名片薄说，那他怎么会有我的名片呢？老太太说，名片算什么，名片是最不能说明问题的，你说不是吗？

这天下晚，王友从许有洪家出来，走了没多远，就看到地上有一张被扔掉的名片，他的脚步本来已经跨过去了，却又重新收了回来，弯腰把名片捡了起来，揣进口袋。

就在他把名片揣进口袋的一瞬间，他忽然明白了，夹在许有洪名片夹里的他的名片，是老太太捡来的。

王友把拣来的名片带回家，小心地夹在名片薄里。他太太看到了，说，又交结什么人啦？王友笑了笑，没有说话。

一个素不相识的陌生人，就这样来到他家，成为一份子，王友偶而会想起他来。

他叫钱勇，一个很普通的名字，如果上网查一查，大概会有成千上万个。

短信飞吧

人生就是一个"熬"字,黎一平熬了十多年,总算熬进了"双人间"。

这是机关的规矩。科长带着他自己和他以下的一群人,在一个大统间里办公,同事和同事之间的隔断,是磨砂玻璃屏,既模模糊糊,又不高不低,让你坐着办公的时候,可以看得见对面的同事,更确切一点说,是看得见对面同事的一小撮头发。可别小看了这一小撮头发,它至少让你知道对面的同事在不在自己的岗位上,有的时候,如果那位同事疲惫了,人不是挺着坐,而是赖在椅子上,身子矬下去,这一小撮头发就不见了,也有的时候,那同事人逢喜事精神爽,身子竖直起来,你就能看到更多一点头发,然后看到他的额头，甚至都能对上他的眼睛了。也有的人在这里熬成了精，甚至能够从这一小撮头发里，看出对面这个同事的心情，看出他一切正常还是新近遭遇了一些不平常的事情。

熬到副处，进了双人间，人与人之间不再有这种模糊的隔断，那一小撮头发就没有了，你面对的是另一位副处的全部面目。当然，再熬下去，就是正处，正处是单间，然后，如果当上局领导，就是套间，办公室里带卫生间，方便时不用出办公室，那真是很方便了，正局长就更方便一些，是三套间，除了办公、卫生，还有接待和休息间。

从进单位的那一刻起，不用前辈交待吩咐，拿自己的眼睛一看，就知道这个事实，每个人也就有了自己的目标。这没有什么可抱怨的，房间面前人人平等，只要你有性子熬，熬到那份上，自然少不了你。更何况，如今在那双人间、单间、套间里办公室的人，又有哪个不是熬出来的。

黎一平现在算是熬出了比较关键的一步，从大统间来到双人间，除了享受成功的喜悦之外，一个最明显的好处，就是安静。

从前黎一平在大统间里心神恍惚，无处躲藏，梦寐以求的就是这个安静，可奇怪的是，当安静真正到来的时候，黎一平还没来得及享受双人间给他带来的喜悦，倒已经滋生出了许多新的不自在。

过去在大统间里办公，那是许多双眼睛的盯注，但这许多双眼睛的盯注是交叉进行的，并不是这许多眼睛都只盯着你一个人，而是你盯他，他盯她，她又盯你，你又盯她，一片混乱；其二，这许多眼睛的盯注，大多不是非常直白的，而是似看非看，似是而非，移来转去，看谁都可以，不看谁也都可以，十分自由。可现在情况发生了很大的变化，总共只有两个人，没有第三者可看，同事间的这种盯注，就从混乱模糊变得既明白又专一。

两个人面对面坐着，如果没有什么打

扰,连对方的呼吸都能听得清楚,更不要说对方的一举一动,一言一语,从身体到思想,几乎无一处逃得出另一方的锐利的眼睛和更锐利的感觉。因为空间小,距离近,你越是不想关注对方,对方的举止言行就越是要往你眼睛里撞,你又不能闭着眼睛上班;即使闭上眼睛,对方的声息也逃不出你的耳朵;即使在耳朵里塞上棉球,对方的所有一切,仍然笼罩着你的感官;结果反而搞得黎一平鬼鬼祟祟,坐立不安,百爪挠心似的。

老魏比黎一平先进双人间,他能够体会黎一平的心情,也很善解人意,跟他传授经验说,我刚进双人间的时候,也是这样,总怕同事以为我在窥探他的隐私,看他的时候,眼睛躲躲闪闪,说话的时候,总是吞吞吐吐,对他避讳的事情,我是只字不提,可我越是小心,他就越是怀疑,他越怀疑,我就越小心,这样搞七搞八,恶性循环,最后怎么了,你知道的吧?

黎一平是知道的,和老魏对桌的那位

副处长，得了肾病，病休去了，也正因为如此，黎一平才有机会进了双人间。

最后老魏总结说，所以呀，你不要向从前的我学习，我也不再是从前的我，老中医说，恐伤肾，怒伤肝，忧伤肺——黎一平笑了起来，说，老魏你放心，我皮实着呢，不会被你搞成抑郁症的。老魏说，这就对了。

既然老魏这么开诚布公，黎一平也就放下了心里的负担，和老魏坦坦荡荡地做起了同事。

一天黎一平接到老同学打来的电话，老同学祝贺他升职，黎一平打个哈哈说，我升什么职，也是个文职，哪敢跟你周部长相提并论呀。那边也哈哈说，怎么，组织部长带枪啊？黎一平笑道，你们手里那红头文件，比枪厉害多啦。又敷衍几句，就搁下电话，对面老魏正埋头做自己的事情，眼都没抬，根本就没在意黎一平刚接了个电话。

隔了一天，上班后不久，老魏朝他看了看，忽然说，老黎，周部长就是组织部的周部长吧？黎一平一愣，这话没头没脑，不知从何而来，细想了想，想起来了，就是前天的那个电话惹的，赶紧说，周部长确实是组织部的周部长，不过不是我们市委组织部的周部长，是外县市的一个县级市的组织部周部长。老魏也赶紧说，你不用说那么清楚，我随嘴一问而已。

又有一次，黎一平老婆打电话到办公室，电话是老魏接的，交给黎一平，老婆问黎一平头天晚上是不是去了天堂歌舞厅，黎一平说没去，老婆说有人看见他了，黎一平说肯定是别人看错了，老婆又不相信，说，怎么不看错别人，偏偏看错你，黎一平恼怒说，那我就不知道了，反正我没有去，别说天堂歌舞厅，地狱歌舞厅我也不认得。老婆这才偃旗息鼓。

照例过了一两天，老魏又忍不住了，说，老黎，你太太好像很在意你噢。黎一平道，何以见得？老魏笑说，三天两头查岗的，必定是在意老公的吧，还有，她有危机感哦。黎一平一笑,说,你太太没有危机感。老魏说,何以见得?黎一平说,根据你自己的逻辑分析的吧,因为你太太从来不打电话来查岗嘛。老魏嘿嘿一笑,黎一平也听不出是得意还是别的什么意思,又说,不过,老魏你其他乱七八糟的电话也不多,不像我。老魏说,你人缘好吧。

  三番五次如此这般,让黎一平感觉老魏不像他自己表白的那样坦率,而是时时关注着他的一举一动呢,搞得黎一平心里有点毛燥,但毕竟自己刚刚升到这个职位,熬得好辛苦,怎么也得隐忍了。黎一平不往心上去,一如既往,凡离开办公室上洗手间,或者到别的办公室去办事,手机一般都扔在桌上不带走的,他回来时,老魏告诉他,你手机响了,只响了一下,大概是短信吧。黎一平一看,果然是短信。也有几次,黎一平回来的时候,感觉手机好像移了位,他有点疑心是老魏拿过去看了他的来电显示,来电显示看就看罢,如果显示的是号码,老魏也看不出什么名堂，如果显示出储存过的电话，那就更没什么好担心的，他也没储存什么不该储存的人名。尽管这么想着，心里却总有些不舒服，后来有一次朋友发来的短信他没有收到，当然就没有回复，结果耽误了人家的事情，被朋友埋怨了一通，黎一平这才想起老魏，会不会老魏偷看了他的短信内容，怕被发现，干脆将这信删除了？

　　黎一平有点恼，又吃不太准，便使了个点子试探老魏。这天出门上班前。用家里的电话给朋友打过去，让他在上午九点半时，发一条短信给他。朋友笑道，黎一平，你到底升到了哪个处，是情报处吗？黎一平心里不爽，没心情开玩笑，说，你发是不发，不发我请别人发。朋友赶紧说，发发发，写什么内容呢？黎一平说，随便。朋友又笑说，不怕你的同事偷看？黎一平说，就是要让他看的，你记住了，九点半准时发。

　　到九点半差两三分钟的时候，黎一平借故离开办公室，并用心记住了手机的位置，出去转了十来分钟，估计派给朋友的活该干成了，又回到办公室，没感觉出手机移动过，抓起来一看，没有短信，赶紧抬眼看老魏，老魏若无其事地办着自己的公，没告诉他手机响过，有短信或有电话。黎一平话到嘴边，还是咽了下去。一直熬到老魏也出去办事了，他赶紧拿办公室的电话打给朋友，责问为什么爽约不发短信给他，朋友指天发誓说九半点准时发的，黎一平不信，朋友大喊冤枉，说，你不信你可以过来看我的手机，我手机上有已发送的信，可以为我作证，要不，我现在就把这封信的内容念给你听。黎一平不想听了，挂了电话，眼皮子直跳，朋友的信又被老魏偷看后删除了？

　　一气之下，不冷静了，给同事中最铁的一个哥们儿大鬼发个短信，即兴诌了一首打油诗：欢天喜地享自由，哪料前辈神仙手，来电短信看个够，此间自由哪里有？

　　大鬼回信说，不自由？我和你换办公室，让我进去不自由，你出来还你自由。虽是调侃,也调得黎一平心情有点没落,没有再回复。

过了一两天,上班进办公室,老魏比他先来,已经到走廊的电水炉上打来开水,黎一平泡了茶坐下,看到老魏低头在摆弄手机,片刻后,黎一平就收到一条短信,一看来电显示,是老魏的,奇了怪,抬头朝老魏看看,老魏没说话,努了努嘴,示意他看短信。

黎一平打开短信一看,猛觉脑子里"轰"了一声,血直往上冲,竟是他发给大鬼骂老魏的那条短信,老魏又转发给他了,黎一平咬牙切齿骂了一声大鬼个狗日的。老魏说,不是大鬼发给我的。黎一平脑袋里又"轰"一声,那就是说,这条短信不知转过几个人的手机,最后到了老魏手机上。

老魏笑了笑,说,你误会了,我没有偷看你的短信。黎一平无以面对,心里比吃了一碗苍蝇还难受,却还找不到发泄对象,责怪大鬼也是可以的,但是已经没有这个必要,连大鬼都能出卖他,还有谁是可以相信的呢。

　　黎一平谨慎起来,单位同事间,他尽量少发短信,别人给他发信,他一般不回,如果涉及重要事情的,他会拿电话打过去,电话里简单明了地说几句,实在回不了电话而又必须立刻回复的,比如对方正在国外呢,那国际长途就太过昂贵了,也比如人家在主持会议,这时候打人家电话,岂不是存心捣乱,在这样的情况下,他回短信,一般只写两个字"收到",没有态度,如果是必须要表态的,就写一个字"好",或者一个字"不",除此之外,没有人能够得到他再多一点点的片言只语。

　　起先同事们也没有过多注意到他的这个习惯。有一次他到外地出差,坐飞机回来需要办公室派车去接站,他给办公室管车的副主任打电话,那主任不在单位,又打手机,手机通了,他告诉主任他的航班和达到时间,主任奇怪说,咦,你发个短信不就行了,还用打手机?黎一平说,反正我告诉你了。主任说,你告诉我,我事情多,还不一定记得住呢。黎一平说,你拿个笔拿张纸记下来不就行了。主任说,我现在人在外面办事,一只手开车,一只手接你电话,哪来的第三只手拿笔,第四只手拿纸啊。但黎一平还是没发短信,当然主任的记性也是好的,没有误事,要不怎么当主任呢。

只是事后有一天闲着无事的时候,这主任和其他同事说起这事,大家才渐渐地聚拢了这种共同的感觉,觉得黎一平挺值得同情,好不容易熬到副处,进了双人间,结果搞得都不敢发短信了。大家都骂大鬼,大鬼就骂小玲,小玲骂老朱,老朱骂阿桂,阿桂骂谁谁谁,谁谁谁又骂谁谁谁,最后都怪到老魏身上,说老魏太恶毒,你竟然把黎一平说你的坏话又发回给他,你让他的脸往哪儿放,何况你们还面对面坐着上班呢。

老魏起先有些委屈,说,你们怎么都怨我呢,我又没有看他的手机,是他自己心虚,瞎怀疑我,还发短信诬陷我,我不把这信还给他，我心里气不过。大家说，就算你心里气，也不应该把事情做绝，把脸皮撕破，你看现在黎一平，像换了个人似的，看到我们，都是低着头，垂着眼睛，弄得大家挺尴尬的。老魏听了，想想也对，说，其实事后我也觉得自己确实有点过了，我最多嘴上说他两句，不应该把那封信直接发回给他的，让他的脸没处放了。大家说，老魏你知错就好，但知错还得改错，解铃还需系铃人哦。老魏说，铃可是他自己系的。大家说，老魏，说了半天，你又回到原地踏步？老魏这才说，好好好，我解铃我解铃。

老魏要解铃，大家七嘴八舌帮他出主意，这样那样的，都被老魏一一否了，最后有一个人说，不如让老魏也发一个骂黎一平的短信，最后再转到黎一平手机上，这不就扯平了，谁也不欠谁，黎一平的脸也就有处放了。老魏笑说，那不是黎一平的脸有处放了，那是我和黎一平的脸都没处放了。大家说，老魏你那脸能叫脸吗，放不放都一样。

这边大家正在跟老魏起哄，那边黎一平一个人坐在办公室里，电话响了，抓起来一听，正是他的那个朋友，声音很怪异，拖长了声调说，黎一平啊，近期有情况嘛。黎一平没好气说，你有情况？你有什么情况？朋友说，别装了，你的手机怎么老是一个女的接听？黎一平下意识地看了一下手机，好好的在桌上搁着呢，说，怎么可能，绝无可能，手机就在我手上捏着呢。朋友说，怎么绝无可能，是绝对可能。我前几天打过你一次，是个女的接的，我一听，知道不妙，赶紧挂了。以为你过一会会回电给我解释一下，却怎么等也没等到。今天，就是刚才，我又打了一次，还是她，奇怪了——忽然停顿了一下，不等黎一平再解释什么，那边已经"哈哈"大笑起来，说，你说手机在你手里捏着？我知道了，我知道了，不说了不说了，是我的问题——想挂电话了，黎一平不让他挂，问，到底什么情况，说清楚。朋友说，唉哟，我前一阵手机坏了，换了个新手机,肯定是倒储存号码时倒错了吧。又核对了黎一平的号码,果然是倒错了一个数字。黎一平脑门又"轰"一声,这就是说,你明明没有发那两个短信,却说发了,害我怀疑老魏偷看了又删除,你把我害惨了。朋友说,也不能说我没有发,我发了,但没发在你手机上,不知发到哪个傻×的手机上去了。黎一平说,你还有脸说别人傻×?朋友笑道,我傻×我傻×,行了吧。

黎一平想把这个事情真相告诉老魏,是自己冤枉了老魏,但是怎么开口说呢,怪朋友发错了短信?怪朋友倒错了号码?怪他自己多心了,怪他自己心里有鬼?思来想去,总觉得再怎么说,都是越描越黑。心里正憋屈呢,手机又响了,短信又来了。

就是阿桂转发给他的老魏骂他的信,骂人的水平可比他高多了,黎一平先是一愣,随后就想明白了,知道是老魏他们用心设计解铃呢,不由得咧嘴笑了一下,一抬头,正巧老魏从外面进来,也冲他一笑,双方都觉得应该妥了。

没过两天，却又因为一个短信起了点风波，老魏收到一个会议通知，是通过一个短信平台发的，号码是10052809760010005，内容是通知老魏某日某时到市委会议室参加市委常委扩大会议，会议议程已发送至各单位OA系统，请及时查收。

老魏只是个副处长，怎么会通知他参加常委会呢？虽然是扩大的会议，但顶多扩大到局长了不得了。不过老魏还是比较谨慎，他特意到机要员那儿问了一下，有没有市委机要局发来的常委会的会议议程，机要员奇怪说，议程倒是有，还不止一个呢，但那是给局长的，你怎么来要议程呢？办公室其他人听说了，更是把玩笑开大了，说，老魏，你怎么关心常委会的事情呢？又说，老魏，是不是内定要提局长了？老魏百嘴莫辩，只得把手机短信给大家看。

大家看了，都颇觉新奇，说，骗子真是炉火纯青了。老魏却说，未必就是骗子哦。

老魏回到办公室跟黎一平说,老黎,先是你一刀,后来我一剑,我们已经扯平了,你还没完没了了。黎一平说,你以为那个会议通知是我发给你的?我有那么大本事吗?老魏说,你不是有本事编打油诗吗?黎一平说,我有本事编什么,我也编不出个短信平台啊。老魏硬是不信,说,那不一定,现在的人,个个神通了得,有什么事情是做不出来的。黎一平生气说,是我做的我就承认,不是我做的我不认的。老魏说,认不认,事实都在这儿。

两下不欢而散。

第二天,老魏被局长叫去臭骂一顿,方知那个常委扩大会的通知是真的,常委要听一个专题汇报,汇报内容专业性强,局长怕自己说不清楚,特意带上老魏,结果老魏没有去,会上局长果然汇报不力,被领导批评,回来岂能不找老魏撒气?

老魏悲催,也不和黎一平坦诚相见,而是短兵相接了,说,这事情,说到头了,还得怪你，要不是你作怪发短信骂我，我怎么会怀疑会议通知是骗子发的？黎一平无言以对，败下阵去。

午饭后的休息时间，老魏照例要去掼一会儿弹，丢下黎一平一人，房间里空空荡荡，倒是安静了。黎一平想上网看看新闻，却看不进去，心烦意乱，抓起桌上的手机，"嘀嘀嘀嘀"一口气写了一封长长的短信。

信写完了，发给谁呢，难道真能发给老魏吗，发给老魏岂不又是此地无银，但不发给老魏又怎么样呢，心烦意乱。世界这么大，熟悉的人和陌生的人这么多，可是有谁能够看他写的这些东西呢，又有谁能够体会他的心情呢？思来想去，结果就是"无"，无人能看。

不如开个玩笑，就发给"无"吧，收信人的号码应该是一组数字，那也不难，"无"不就是"5"嘛。黎一平在收件人一栏里，顺手按下了"55555"，短信就像子弹一样弹出去了，发给了一个不存在的手机号码,发给了一个不存在的人。

它不像发错的邮件,如果不存在某个邮箱,邮件会自动退回,短信却不会,无论有没有对方存在,短信发出去,就不再回来了。可是,无数的发错了的没有人接受的短信,到哪里去了呢?凭空就没有了吗?在空间,或者在某个什么站台,它们会不会掉落在那儿了呢?会不会有什么东西在看着这些满天飞的错发的短信呢?无数的短信在空间划过,难道就不会留下什么痕迹吗?

片刻之后,一个短信到了,黎一平一眼瞄到来电显示出"55555",一瞬间简直魂飞魄散。

"55555"在短信上说,到底应该去修行,还是应该发短信?黎一平没有来得及反应"55555"的调侃,他立刻回复:你是谁,怎么会有你?怎么会有五位数的手机号码?

"55555"回说,不奇怪呀,我是单位的集团号,集团号显示的就是五位数,我单位的头一位数是5,我手机的最后四位数是5555,这就有了我，55555。黎一平立刻否定说，不可能，我们单位也是集团号，不同的集团号之间，怎么可能走岔？"55555"说，飞机也会偏离航道，动车还会追尾，这么多短信在天上飞，出点差错也是正常的哦。黎一平说，你到底是谁，开什么玩笑。"55555"发来一个笑脸，老兄，你是个太顶真的人。

  黎一平看着这个笑脸，恍恍惚惚之间，不知道刚才是梦是醒，看看自己的身子，坐直在办公椅上呢，不像睡过觉的样子，老魏似乎已经掼了弹回来了，赶紧问老魏，老魏，我刚才睡着了吗？老魏警觉地看了看他，小心地说，你睡着没睡着，怎么问我呢？黎一平又说，那，我刚才发短信了吗？老魏更是一脸的紧张，赶紧摆手说，别，别，你别再跟我玩短信了，我怕了你了。

  老魏话音未落，手机"嘀"了一声，一封短信又到了老魏的手机上。

  老魏低头看短信，一看之下，顿时脸涨得通红，表情异常兴奋，坐立不安，过了片刻,站起来说,我出去一下,就走了,走到门口,又回头说,外联的小艾找我有事,我去一下。

老魏走了一会儿,有人进来了,黎一平抬头一看,正是艾莉,"咦"了一声,说,美女,你怎么来了?艾莉说,我来找老魏。黎一平说,巧了,啊不,是不巧了,老魏说是去找你了。艾莉"哟"了一声,说,可能他走了东头的楼梯,我走了西头的楼梯。站了一会儿,拿起电话打到自己办公室问,老魏有没有过来,那边说没有。艾莉又等了一会儿,好像非要等到老魏来。黎一平说,你坐下来等吧,他到那边找不见你,自然会返回来的。艾莉说,可是头儿叫我跟他出去办事,马上就要走,等不及了,你能不能帮我转告一下,说我是想当面跟他解释的。黎一平说,什么事?艾莉说,不好意思,刚才我发了一个短信,不是发给老魏的,发出去以后我才发现,发到老魏手机上去了,我来告诉他一声,发错了,请他别在意。黎一平

"啊哈"一声说,这小事一桩,还用得着特意跑过来,你再发个短信纠正一下不就行了。艾莉说,恐怕不行,恐怕会有些误会,所以我还是想当面来和他说一下,可结果还是没能当面说,麻烦你转告了。

老魏回来后,黎一平就把艾莉的话转告了他,老魏听了,脸上红一阵白一阵的,闷了半天,问黎一平,她告诉你短信的内容了吗?黎一平说,没有。老魏怀疑地瞅了他一眼,说,你没问吗?黎一平说,我没问。

老魏沉默了。过了好半天,忽然没头没脑地说,老黎,姓氏排列中,哪个姓和魏字排得最近?黎一平不知老魏什么意思,小心翼翼地说,那,要看你以什么为序,如果是以笔划为序,魏字笔划多,有近二十画吧,和它排在一起的,像樊啦,翟啦,濮啦,你数数是不是差不多?老魏默默地想了想,大概觉得这几个姓都不是他想要的,摇了摇头,说,以拼音字母排呢?黎一平想了想,说,拼音字母排,魏,后面大概就是吴了吧。

老魏一听个"吴"字,顿时脸色煞白,黎一平赶紧借口上厕所逃了出去。

接连两天上班,黎一平都外出办事,到了第三天,他一坐进办公室,老魏就忍不住了,说,老黎,跟你说说,她约我吃饭,又说发错了信——见黎一平不吱声,老魏又说,就是说的艾莉,她不是来找过我吗——他脸色惨淡,停顿了一下又说,我知道,她其实是约谁的——见黎一平仍然不说话,老魏叹息了一声,是的,我知道,你也许会想,不就是一顿饭吗,约谁不约谁,有什么大不了,没人请,自己请自己一顿也罢,可是,可是——这已经不是吃饭的问题,问题是我知道了她约的是谁,问题是我发现了她的秘密,问题是无意中我犯下一个天大的错误,问题是——老魏的声音颤抖起来,问题是,我出大问题了——有人在门口探了探头,又走开了,把老魏吓住了。

过了一会儿,老魏盯着黎一平说,我说了半天,你怎么一言不发?黎一平不想和老魏的目光直接接触，移开了一点，结果就移到了办公桌上，办公桌上，搁着老魏的手机呢。老魏也看了看自己的手机，忽然间脸涨得通红，说，什么，你怀疑我在录音？用手机录音？一把抓起手机，扔到黎一平面前，你看看，我的老土手机，没有录音功能。见黎一平还是不言语，老魏更加恼怒了，难怪你一言不发，你怀疑我什么，怀疑我口袋里有录音笔？遂将数只口袋一一翻出来，你看，你看，有没有录音笔。

　　黎一平说，老魏，我没有怀疑你。老魏冷笑说，现在的人，太凶险，脸上跟你笑眯眯的，说不定口袋里真有录音机。黎一平说，老魏，对不起，我不仅没有怀疑你录音，连你刚才说的什么，我都没听清楚，我在想我自己的事情呢。老魏愣了愣，说，你自己的事情，什么事情？黎一平说，老魏你说，这茫茫的天地之间，有没有一个什么地方，或者什么空间，或者什么时空交叉转换站之类，专门收藏和储存我们错发了的短信？见老魏瞪着他，他又说，我原来一直以为，我们发错的那些短信，就没了，现在我才知道，总有一个地方会收到它们，甚至会回复过来，老魏，你相信吗？老魏惊恐地看了他半天，说，我就知道，你们早就知道了，我收了艾莉错发的短信，我就玩儿完了。

过了些日子，老魏调离了本单位，平调到外单位的一个副处岗位上。大家说，老魏还是有门路的，说走就走，这么快就调成了，说明背后有人哎。

老魏走了后，艾莉又来了一次，问黎一平，哎，我怎么听说老魏调走是因为我啊？黎一平说，我不知道啊。艾莉说，奇怪了，你跟他同一间办公室，两个人天天面对面，离得这么近，还有什么秘密能够瞒得过对方的？黎一平推托不过，想了想，才说，你上次说，错发过一封信给他，约他到哪里吃晚饭还是干什么的吧？艾莉说，是呀，我不是发给他的，发错了，我怕他误会，还特意过来当面跟他解释一下，怎么啦？黎一平没有说怎么啦,只是说,后来老魏问我,跟魏字排在最近的是什么姓,我说是吴吧。艾莉说,哎哟,老黎,你真神,我就是给老吴发信的,一不小心发到老魏那儿去了。黎一平撇了撇嘴,没有再说话。艾莉开始不明白,认真地想了想,忽然就想明白了,"哎哟哎哟"地笑了起来,笑得捧着肚子喊肚子疼死了。黎一平等她笑够了,才说,是另外一个老吴吧?艾莉说,哎哟,又给你说中了,这老吴可不是我们局长老吴,我要是和局长有什么腿,会这么粗心吗,你懂的。又笑了一会儿,又说,那是我同学老吴,而且,是个女的。黎一平说,你同学,那年纪应该跟你差不多吧,年轻轻的,怎么也都老什么老什么地称呼呢?艾莉说,年纪是不算大,但是心都老了吧。

艾莉走了后,黎一平带上手机到大办公室去,办公室的文秘小金有个亲戚在移动公司,他想请小金的亲戚帮忙解释一下"55555"的疑问。穿过走廊,走到大办公室门口,就听到里边嘻嘻哈哈,几个人正在抢某人的手机查短信,要某人交待小三是谁,说是在小三论坛上看到他发表的为小三说话的文章。某人大喊冤枉,大家异口同声说,反正我信了。黎一平听着他们叽叽喳喳的声音,忽然就打消了求解"55555"的念头。

再回到办公室时,看到管人事的副局长领着一位新人正站在办公桌前呢,给黎一平介绍,这是新来的顶替老魏的副处长,是从外单位调进来的,看他们握了握手,副局长就出去了。

新来的副处长正要说话,黎一平搁在办公桌上的手机响了,新来的副处长说,黎处长,你的手机响了,只响了一下,是短信吧。

我们都在服务区

天快亮时，桂平才朦朦胧胧要睡去了，结果手机设的闹钟却响了，喳喳喳地叫个不停。桂平翻身坐起来，和往常一样，先取消噪耳的铃声，再打开手机；又和往常一样，片刻之后，手机里的信息就接二连三地响了起来。桂平感觉至少有五六条，结果数了一下，还不止，有七条，都是昨晚他关机后发来的，还有一条竟是凌晨五点发的，也没什么了不起的大事，那个人天生醒得早，一个人起来，全家人还睡着，窗外、路上也没有什么人气人声，大概觉得寂寞了，就给他发个信，消解一下早起的孤独。这些来自半夜和凌晨的短信，只有一封是急等答复的，其他都没有什么太重要的事情。桂平也来不及一一回复了，赶紧就到会场，将手机放到震动上，开了一上午的会，会议结束时，才发现事情也像短信和未接来电一样，越开越多，密密麻麻。中午又是陪客，下午接着还有会。总算午饭抓得紧一点，饭后有二十分钟时间，赶紧躲进办公室，身体往沙发上一横，想闭一闭眼睛，放松一下，结果在这短短的时间里，手机上又来了两条短信和三次电话。桂平接了最后一个电话，心里厌烦透了，一看只剩五分钟了，"的"地一下关了手机，强迫自己闭上眼睛，可那眼皮却怎么也合不拢，突突突地跳跃着，就听到办公室的小李敲他的门了，桂主任，桂主任，你手机怎么不通？你在里边吗？桂平垂头丧气地坐起来，说，我在，我知道，要开会了。

他抓起桌上的手机，忽然气就不打一处来，又朝桌上扔回去，劲使大了一点，手机"嗖"地滑过桌面，"啪"地摔到地上，桂平一急，赶紧去捡起来，这才想起手机刚才被他关了，急忙又打开，检查一下，确定有没有被摔坏,才放了心,抓着手机就要往外走。就在这片刻间,手机响了,一接,是一老熟人打来的,孩子入学要托他找教育局领导。这是为难的事情,推托吧,对方会不高兴,不推托吧,又给自己找麻烦。正不知怎么回答,小李又敲门喊,桂主任,桂主任!桂平心里毛躁得要命,对那老熟人没好气说,我要开会,回头再说吧。老熟人在电话里急巴巴说,你开多长时间会?我什么时候再打你手机?桂平明明听见了,却假作没听见,挂断了电话,还不解气,重又下狠心关了机,将手机朝桌上一扔,空着手就开门出来,往会议室去。

小李跟在他后面,奇怪道,咦,桂主任,你的手机呢,我刚才打你手机,怎么关机了?不是被偷了吧?桂平气道,偷了才好。小李说,充电吧?桂平说,充个屁电。小李吐了一下舌头,没敢再多嘴,但是总忍不住要看桂平的手,因为那只手,永远是捏着手机的,现在忽然手里空空的了,连小李也不习惯了。

曾经有一次会议,保密级别比较高,不允许与会者带手机,桂平将手机留在办公室,只觉得那半天,心里好轻松,了无牵挂。自打开了这个会以后,桂平心烦的时候,也曾关过手机,就当自己又在开保密会议吧。结果立刻招来诸多的不满和批评,上级下级都有。上级说,桂平,你又出国啦,你老在坐飞机吗,怎么老是关机啊?下级说,桂主任,你老是关机,请示不到你,你还要不要我们做事啦?总之很快桂平就败下阵来,他玩不过手机,还是老老实实恢复原样吧。

跟在桂平背后的小李进了会议室还在唠唠叨叨,说,桂主任,手机不是充电,是你忘了拿?我替你去拿来吧。桂平哭笑不得说,小李,坐下来开会吧。小李这才住了嘴。

下午的会,和上午的会不一样,桂平不是主角,可以躲在下面开开小差。往常这时候,他定准是在回复短信或压低声音告诉来电者,我正在开会,再或者,如果是重要的非接不可的电话,就要蹑手蹑脚鬼鬼祟祟地溜出会场,到外面走廊上去说话。

但是今天他把手机扔了,两手空空一身轻松地坐到会场上,心里好痛快,好舒坦,忍不住仰天长舒一口气,好像把手机烦人的恶气都吐出来了,真有一种要飞起来的自由奔放的感受。

乏味的会议开始后不久,桂平就看到坐在前后左右的同事,有的将手机藏在桌肚子里,但又不停地取出来看看,也有的干脆搁在桌面上,但即使是搁在眼前的,也会时不时地拿起来瞄一眼,因为震动的感觉毕竟不如铃声那样让人警醒,怕疏忽了来电来信。但凡有信了,那人脸色就会为之一动,或者喜色,或者着急,或者平静,但无不立刻活动姆指,沉浸在与手机相交融的感受中。

一开始,桂平还是怀着同情的心情看着他们,看他们被手机掌控,逃脱不了,但是渐渐的,桂平有点坐不住了,先是手痒,接着心里也痒起来了,再渐渐的,轻松变成了空洞,潇洒变成了焦虑,甚至有点神魂不定、坐立不安起来,他的心思,被留在办公室的手机抓去了。

坐在他旁边的一个女同事,都感觉出他身上长了刺似的难受,说,桂主任,你今天来例假了?桂平说,不是例假,我更了。大家一笑,但仍然笑不掉桂平的不安。他先想了一想今天是什么日子,会不会有什么重要的电话或信息找他,会不会有什么重要的事情要他去做,有没有什么重要的工作忘记了,除了这些,还会不会有一些特殊的额外的事情会找到他,这么一路想下去,事情越想越多,越想越紧迫,椅子上长了钉似的。桂平终于坐不住了,溜出会场,上了一趟洗手间,出来后,站在洗手间门口还犹豫了一下,终究没有直接回会场,却回了办公室。

办公室一切如常,桂平却有一种恍若隔世的奇怪感觉,看到了桌上的手机,他才回到了现世,忍不住打开手机,片刻之后,短信来了，哗哗哗的，一条，两条，三条，还没来得及看，电话就进来了，是老婆打的，口气急切说，你怎么啦，人又不在办公室，手机又关机，你想躲起来啊？桂平无法解释，只得说，充电。老婆说，你不是有两块电池吗？桂平说，前一块忘记充了。老婆"咦"了一声，说，太阳从西边出来了，你是出了名的"桂不关"，竟然会忘记充电？桂平自嘲地歪了歪嘴，老婆就开始说要他办的事情。桂平为了不听老婆啰唆个没完，只得先应承了，反正虱多不痒债多不愁，桂平永远是拖了一身的人情债，还了一个又来一个，永远也还不清。

　　带着手机回到会场，桂平开始看信，回信。旁边的女同事说，充好电了？桂平说，你怎么知道我充电？女同事说，你是机不离手，手不离机的，刚才进来开会没拿手机，不是充电是什么？难道是忘了？谁会忘带手机你也不会忘呀。桂平说，不是忘了，我有意不带的，烦。女同事又笑了一下，说，烦,还是又拿来了,到底还是不能不用手机。桂平说,你真的以为我不敢关手机?女同事说,关手机又不是杀人,有什么敢不敢的,只怕你关了又要开噢。两人说话声音不知不觉大起来,发现主席台上有领导朝他们看了,才赶紧停止。桂平安心看短信、回短信,一下子找回了精神寄托,心也不慌慌的了,屁股上也不长钉了。

　　该复的信还没复完,就有电话进来了。桂平看了看来电号码,不熟悉,反正手机是震动的,会场上听不到,桂平将手机搁在厚厚的会议材料上,减小震动幅度,便任由它震去,一直等到震动停止,桂平才松一口气。但紧接着第二次震动又来了,来得更长更有耐心,看起来是非他接不可。桂平一直坚持到第三次,不得不接了,身子往下挫一挫,手捂着手机,压低声音说,我在开会。那边的声音却大得吓人,啊哈哈哈,桂平,我就知道你会接我电话的,其实我都想好了,你要是第三次再不接,我就找别人了,正这么想呢,你就接了,啊哈哈哈。那边的声音不仅把桂平的耳朵震着了,连旁边的女同事都能听见,说,哎哟喂,女高音啊。虽然桂平说了在开会,可那女高音却不依不饶,旁若无会地开始说她要说的说来话长的话,桂平只得抓着手机再次出了会场,到走廊上才稍稍放开声音说,我在开会,不能老是跑出来,领导在台上盯着呢。女高音说,怎么老是跑出来呢?我打了你三次,你只接了一次,你最多只跑出来一次啊。桂平想,人都是只想自己的,每个人的电话我都得接一次,我还活不活了。但他只是想想,没有说,因为女高音的脾气他了解,她的一发不可收的作风他向来是甘拜下风的,赶紧说,你说吧你说吧。女高音终于开始说事,说了又说,说了又说,桂平忍不住打断说,我知道了,我现在在开会,走不掉,会一结束我就去帮你办。女高音这才甘心,准备挂电话了,最后又补一句,你办好了马上打我手机啊。桂平应声,这才算应付过去。心里却是后悔不迭,要是硬着心肠不接那第三个电话,这事情她不就找别人了么,明明前两次都已经挺过去了,怎么偏偏第三次就挺不过去呢。这女高音是他比较烦的人,所以也没有储存她的号码,可偏偏又让她抓住了,既然抓住了,她所托的事情,也就不好意思不办。桂平又悔自己怎么就不能坚持到底,抓着手机欲再回到会场,正遇上小李也出来溜号,见桂主任一脸懊恼,关心道,桂主任,怎么啦?桂平将手机一举,说,烦死个人。小李以为他要扔手机,吓得赶紧伸出双手去捧,结果捧了个空。桂平说,关机吧,不行,开机吧,也不行,难死个人。小李察言观色地说,桂主任,其实也并非只有两条路,还有第三种可能性的。桂平白了他一眼,说,要么开,要么关,哪来的第三种可能性?小李诡秘一笑,说,那是人家逃债的人想出来的高招。桂平说,那是什么?小李说,不在服务区。桂平"切"了一声,说,怎么会不在服务区,我们又不是深山老林,又不是大沙漠,怎么会不在服务区?小李说,桂主任,你要不要试试,手机开着的时候把那卡芯直接取下来,再放上电池重新开机,那就是不在服务区。桂平照小李说的一试,果然说:"对不起,您拨的电话不在服务区,请稍后再拨"。桂平大喜,从此可以自由出入"服务区"了。

如此这般的第二天,桂平就被领导逮到当面臭骂一顿,说,我这里忙得要出人命,你躲哪里去了?在哪个山区偷闲?桂平慌忙说,我没去山区,我一直都在单位。领导说,人在单位手机怎么会不在服务区?桂平说,我在服务区,我在服务区。领导恼道,在你个鬼,你个什么烂手机,打进去都是不在服务区,既然你老不在服务区,你干脆就别服务了吧。桂平受了惊吓,赶紧恢复原状,不敢再离开服务区了。

小李当然也没逃了桂平的一顿臭骂,但小李挨了骂也仍然不折不挠地为桂平分忧解难,又建议说,桂主任,你干脆别怕麻烦,把所有有关手机号码都储存下来,来电时一看就知道是谁,可接可不接,主动权就在你手里了。

桂平接受了小李的建议,专门挑了一个会议时间,坐在会场上,把必须接的、可接可不接的、完全可以不接的、实在不想接的电话一一都储存进手机,储得差不多了,会议也散了,走出会场时,手机响了,一看,是一个可以不接的电话,干脆将手机往口袋里一兜,任它叫唤去。

桂平找到了一个切实可行的好办法,他已经把和他有关系的大多数人物都分成几个等次储存了,爱接不接,爱理不理,主动权终于掌握在他自己手里了。如果来电不是储存的姓名,而是陌生的号码,那肯定与他没有什么直接关联的人,那就不去搭理它了。

如此这般过了一段日子,果然减少了许多麻烦,托他办事的人,大多和那女高音差不多,知道他好说话,大事小事都找他,现在既然找不上他,他们就另辟蹊径找别人的麻烦去了。即使以后见到了有所怪罪,最多嘴上说一句对不起,没听到手机响,或者正在开会不方便接,也就混过去了,真的省了不少心。

省心的日子并不长,有一天开会时,刚要入会场,有人拍他的肩,回头一看,吓了一跳,竟是组织部的常务副部长,笑咪咪地说,桂主任,忙啊。桂平起先心里一热,但随即心里就犯嘀咕,部长跟他的关系,并没有熟悉亲切到会打日常哈哈的地步,桂平赶紧反过来试探说,还好,还好,瞎忙,部长才忙呢。部长又笑,说,不管你是瞎忙还是白忙,反正知道你很忙,要不然,怎么连我的电话都不接呢?桂平吓了一大跳,心里怦怦的,都语无伦次了,说,部、部长,你打过我电话?部长道,打你办公室你不在,打你手机你不接,我就知道找不到你了。桂平更慌了,就露出了真话,说,部长,我不知道你给我打电话。部长仍然笑道,说明你的手机里没有储存我的电话,我不是你的重要关系哦。他知道桂平紧张,又拍拍他的肩,让他轻松些,说,你别慌,不是要提拔你哦,要提拔你,我不会直接给你打电话哦。桂平尴尬一笑。部长又说,所以你不要担心错过了什么,我本来只是想请你关照一个人而已,他在你改革委工作,想请你多关心一下,开个玩笑,办公室主任,你们都喜欢称大内总管嘛,是不是?年轻人刚进一个单位,有大内总管罩一罩,可不一样哦。桂平赶紧问,是谁?在哪个部门?部长说,现在也不用你关照了,他已经不在你们单位了,前两天调走了,放心,跟你没关系,现在的年轻人,跳槽是正常的事,不跳槽才怪呢,由他们去吧。说着话,部长就和桂平一起走进会场,很亲热的样子,会场上许多人看着,后来有人还跟桂平说,没想到你和部长那么近乎。

  桂平却懊恼极了,送上门来的机会,被自己给关在了门外,可他怎么想得到部长会直接给自己打电话呢。现在看起来,他所严格执行的陌生号码一概不接的大政是错误的,大错特错了。知错就改,桂平把领导干部名册找出来,把有关领导的电话,只要是名册上有的,全部都输进手机,好在现在的手机内存很大,存再多号码它也不会爆炸。

现在桂平总算可以安心了,既能够避免许多无谓的麻烦,又不会错过任何不应该错过的机会,只不过,过了很长很长的时间,也没有等到一个领导打他的手机。桂平并不着急,也没觉得功夫白费了,他是有备无患,凡事预则立。

过了些日子,桂平大学同学聚会。在同一座城市的同班同学,许多年来,来了的,走了的,走了又来的,来了又走的,到现在,搜搜刮刮正好一桌人。这一天兴致好,全到了。坐下来的第一件事,大家都把手机从包里或者从口袋里掏出,搁在桌上,搁在眼睛看得见的地方,夹在一堆餐具酒杯中。桂平倒是没拿出来,但他的手机就放在裤子后袋里,而且是设置了铃声加震动,如果聚会热闹,说话声音大,听不到铃声,屁股可以感受到震动,几乎是万无一失的。也有一两个比较含蓄的女生并没有把手机拿出来搁在桌上,但是她们的包包都靠身体很近,包包的拉链都敞开着,可以让手机的声音不受阻挡地传递出来,这才可以安心地喝酒叙旧。

这一天大家谈得很兴奋,而且话题集中,把在校期间许多同学公开的或秘密的恋情都谈出来了。有的爱情,在当时是一种痛苦,甚至痛得死去活来,时隔多年再谈,却已经变成一种享受,无论是当事人,或是旁观者,都在享受时间带来的淡淡的忧伤和幸福。

谈完了当年还没谈够,又开始说现在。现在的张三有外遇吧,现在的李四艳福不浅啊,谁是谁的小三啦,谁是谁的什么什么,怎么怎么。接着就有一个同学指着另一个同学,说那天我看到你了,你挽着一个女的在逛街,不是你老婆,所以我没敢喊你。大家哄起来,要叫他坦白,偏偏这个同学是个老实巴交不怎么会说话的人,急赤白脸赌咒发誓,但谁也不信。他急了,东看看,西看看，好像要找什么证据来证明，结果就见他把手机一掏，往桌上一拍，说，把你们手机都拿出来。大家的手机本来就搁在桌面上，有人就把手机往前推一推，也有人把手机往后挪一挪，但都不知他要干什么。这同学说，如果有事情，手机里肯定有秘密，你们敢不敢，大家互相交换手机看内容，如果有事情的，肯定不敢——我就敢！话一出口，立刻就有一两个人脸色煞白，急急忙忙要抓回手机，另一个人说，手机是个人的隐私，怎么可以交换着看，你有窥视欲啊？当然也有人不慌张，很坦然，甚至有人对这个点子很兴奋，很激动，说，看就看，大家摊开来看。桂平也是无所谓，但他觉得这同学老实得有点过分，说，哪个傻叉会保留这样的信？带回去给老婆老公看？那同学偏又较真，说，如果真有感情，信是舍不得马上删掉的。大家又笑，说他有体验，感受真切等等。这同学一张嘴实在说不过大家，恼了，涨红了脸硬把自己的的手机塞到一个同学手里，你看，你看。

　　结果，同学中分成了两拨，一拨不愿意或不敢把自己的秘密让别人知道，不肯参加这个游戏，赶紧把手机紧紧抓在手心里，就怕别人来抢，另一拨是桂平他们几个，自觉不怕的，或者是硬着头皮撑面子的，都把手机放在桌上，由那同学闭上眼睛先弄混乱了，大家再闭上眼睛各摸一部。桂平摸到了一个女同学的手机，正想打开来看，眼睛朝那女同学一瞄，发现那女同学脸色很尴尬，桂平心一动，说，算了算了，女生的我不看。把手机还给了那女同学，女同学收回手机，嘴巴却又凶起来，说，你看好了，你不看白不看。桂平也没和她计较，但他自己运气就没那么好了，他的手机被一个最好事的男生拿到了，先翻看他的短信，失望了，说，哈，早有准备啊。桂平说，那当然，不然怎么肯拿出来让你看。那男生不甘心，又翻看他的储存电话，想看看有没有可疑人物。

　　真是不看不知道，一看吓一跳，那男生

脸都涨红了,脱口说,哇,桂平,你厉害,连大老板的手机你都有?接着就将桂平手机里的储存名单给大家一一念了起来,这可全是有头有脸有来头的大人物啊,惊得一帮同学一个个朝着桂平瞪眼,说,嘀,好狡猾,这么厉害的背景,从来不告诉我们。也有的人说,这是低调,你们懂吗,低调,现在流行这个。桂平想解释也解释不清,只好一笑了之。

却不知他这一笑,是笑不了之的。第二天,就有一个同学找到他办公室去了,提了厚重的礼物,请桂平帮忙联系分管文化的副市长。他正在筹办一个全市最大也最规范的超霸电玩城,文化局那头已经攻下关来,但没有分管市长的签字,就办不成,他已经几经周折几次找过那副市长,都碰了钉子被弹回来了,现在就看桂平的力度了。

桂平知道自己的手机引鬼上门了,只得老老实实说,我其实并不认得该副市长。同学说,不可能,你手机里都有他的电话,怎么会不认识？桂平只得老实交待，从头道来。那同学听后，"哈"了一声，说，桂平，你当了官以后，越来越会编啊，你怎么不把胡锦涛温家宝的电话也输进去？桂平开玩笑说，我知道的话一定输进去。那同学却恼了，说，桂平，凭良心说，这许多年，你在政府工作，我在社会上混，可我从来没找过你麻烦是不是，这是第一次，第一次求你你就这么对付我，你说得过去吗？桂平知道怎么说这同学也不会相信他了，但他也无论如何不可能去替他找那副市长的，只得冷下脸来，说，反正你怎么理解、怎么想都无所谓，这事情我不能做。同学一气之下，走了，礼物却没有带走，桂平想喊他回来拿，但又觉得那样做太过分，就没有喊。

那堆礼物一直搁在那里，桂平看到它们，心里就不爽，搬到墙角放着，眼睛还是忍不住拐了弯要去看，再把办公室的柜子清理一下，放进去，关上柜门，总算眼不见为净。本来他们同学间都很和睦融洽，现在美好的感觉都被手机里一个错误的储存电话破坏了，右想左想，也觉得自己将认得不认得的领导都输入手机确实不妥，拿起手机想将这些电话删除了，但右看左看，又不知道哪些是该删的哪些是不该删的，全部删了肯定也是不妥，最后还是下不了手。

原来以为得罪了同学，就横下一条心了，得罪就得罪了，以后有机会再弥补吧。哪知那同学虽然被得罪了，却不甘心，过了两天，又来了，换了一招，往桂平办公室的沙发上一坐，说，你不答应我，我就不走了。桂平说，我要办公的，你坐在这里不方便。同学说，我方便的。桂平说，我不方便呀。同学说，有什么不方便？你就当是自己在沙发上搁了一件东西就行，你办你的公，你又不是保密局安全局，你的工作我听到了也不会传播出去，即使传播出去别人也不感兴趣的。就这样死死地钉在桂平的办公室里。

即便如此，桂平还是不能打这个电话，因为他实在跟这位副市长没有任何交往，没有任何接触,这副市长并不分管他们这一块工作,即使开什么大会,副市长坐主席台,桂平也只能在台下朝台上远远地看一眼,主席台上有许多领导,这副市长只是其中一位,除此之外,就是在本地电视新闻里看他几眼,他和副市长,就这么一个台上台下屏里屏外的关系,怎么可能去找他帮忙办事呢?何况还不是他自己的事,何况还是办超霸电玩城这样的敏感事情。

同学就这样坐在他的沙发上,有人进来汇报工作,谈事情,他便侧过脸去,表示自己并不关心桂平的工作,就算桂平能够不当回事,别人也会觉得奇怪,觉得拘束,该直说的话就不好直说了,该简单处理的事情就变复杂了。半天班上下来,桂平心力交瘁,吃不消了,跟同学说,你先坐着,我上个厕所。同学说,你溜不掉的。

桂平只是想溜出去镇定一下,想一想对策,但又不能站在走廊上想,就去了一趟厕所,待了半天,没理出个头绪来,也不能老在厕所待着,只得再硬起头皮回办公室。哪曾想到,等他回到办公室,那同学已经喜笑颜开地站在门口迎候他了。桂平说,你笑什么?同学说,行了,我拿你的手机打过市长了,市长叫我等通知。桂平急得跳了起来,你,你,你怎么——同学说,我没怎么呀,挺顺利。桂平说,你跟市长怎么说的?同学说,我当然不说我是我,我当然说我是你啦。桂平竟然没听懂,说,什么意思,什么我是你?同学说,我说,市长啊,我是改革委的桂平啊。桂平急道,市长不认得我呀,市长怎么说?同学笑道,市长怎么不认得你,市长太认得你了,市长热情地说,啊,啊,是桂平啊。后来我就说,我有个亲戚,有重要工作想当面向您汇报。桂平说,你怎么瞎说,你是我的亲戚吗?同学说,同学和亲戚,也差不多嘛,干吗这么计较。我当你的亲戚,给你丢脸了吗?桂平被噎得不轻,顿住了。那同学眉飞色舞又说,市长说了,他让秘书安排一下时间,尽快给我,啊不,不是给我，是给你答复。话音未落，桂平的手机响了，竟然真是那副市长的秘书打来的，说，改革委办公室桂主任吧，市长明天下午四点有时间，但最多只能谈半小时，五点市长有接待任务。桂平愣住了，但也知道没有回头路了，总不能告诉人家，刚才的电话不是他打的，是别人偷他的手机打的。同学怕他坏事，拼命朝他挤眉弄眼，桂平狠狠地瞪他，却拿整个事情无奈，赶紧答应了市长秘书，明天下午四点到市长办公室，谈半小时。

挂了电话，那同学大喜过望，桂平却百思不得其解，说，怎么可能，怎么可能？同学也不生气了，说，反正事情就是这样，你明天得陪我去，你放心，我不会空手的。桂平气得说，没见过你这样的。同学却高兴而去了。

同学走后，桂平把小李叫来，说，小李，我认得某副市长吗？小李被问得一头雾水，说，桂主任，什么意思？桂平说，我不记得我和他打过什么交道呀，他才当副市长不久呀。小李说是，年初人大开会时才上的，不过两三个月。桂平说，何况他又不分管我们这一块，最多有时候他坐在主席台上，我坐在台下，这是八杆子也打不着的呀。小李说，那倒是的，我也在台下看见领导坐在台上，但是哪个领导会知道台下的我呢？小李见桂平愁眉不展，又积极主动为主任分忧解难，说，桂主任，会不会从前他没当市长的时候，你们接触过，时间长了，你忘记了，但是市长记性好，没忘记。桂平说，他没当市长前，是在哪里工作的？小李说，我想想。想了一会儿，想起来了，说，是在水产局，他是专家，又是民主党派，正好政府换届时需要这样一个人，就选中了他，后来听说他还跟人开玩笑说，我做梦也没有想到我会当副市长哎。桂平说，水产局？那我更不可能认得了，我从来没有跟水产局打过交道。小李又想了想，说，要不然，就是另一种可能，市长不是记性好，而是记性不好,是个糊涂人,把你和别的什么人搞混了,以为你是那个人?桂平说,不可能糊涂到这样吧?小李说,也可能市长事情太多,他以为找他的人,打他手机的人,肯定是熟悉的,你想想,不熟悉不认得的人,怎么会贸然去打领导的手机呢?无论小李怎么分析,也不能让桂平解开心头之谜,等小李走了,桂平把手机拿起来看看,看到刚才市长秘书的来电号码,这是一个座机号码,估计是市长秘书的办公室电话,就忽然想到,自己连这位副市长的这位秘书姓什么也没搞清楚,只知道他是刚刚跟上市长不久的。桂平赶紧四处打听,最后才搞清了这位秘书姓什么,于是又拿起手机,手指一动,就把那秘书的电话拨了回去,那边接得也快,说,哪位?桂平说,我是改革委办公室的桂平,刚才,刚才——那秘书记性好,马上说,是桂主任啊,明天下午市长接见已经安排了,四点,还有什么问题吗?桂平支吾了一下,一时不知道该怎么说,停顿片刻后,才说,我想问一问,你今天晚上有没有时间——那秘书立刻有习惯性的过度反应,说,桂主任,不用客气。桂平想解释一下,但那秘书认定桂平是要给他请客送礼,又拒绝说,桂主任,你真的不必费心,我知道你跟市长关系不一般,市长吩咐的事,我们一定会用心办的。桂平赶紧试探说,你怎么知道我跟市长关系不一般?那秘书一笑,说,市长平时从来不接手机的,他的手机都是交给我处理的,一般都是我先接了,再请示市长接不接电话,但是今天你打来的电话,却是市长亲自接的,这还不能说明问题?桂平被问得哑口无言,只得作罢。

  桂平下班回家,心里仍然慌慌的,虚虚的,老婆感觉出来了,问有什么事。桂平也说不出到底是个什么事,只能长叹几声,老婆心里就起疑,正在这时候,桂平的手机响了,桂平一看,正是那同学打来的,人都被他气疯了,哪里还肯接,就任它响去,它也就不折不挠地响个不停。老婆说,怎么不接手机,是不是我在旁边不方便接?桂平没好气说,我就不接。老婆疑心大发,伸手一抓,冲着那一头怪声道,谁呀,盯这么紧干吗呀。一听是个男声,就没了兴致,把手机往桂平手里一塞,无趣地走开了。桂平捏着手机,虽然心里一千一万个不情愿,但听得手机那头喂喂喂的叫喊,也只得重重地"嗯"了一声,说,喊个魂。正想再冲他两句,那同学却抢先道,桂平啊,明天不用麻烦你了。桂平心里一惊,一喜,还没来得及说话,那同学却又说了,明天不麻烦,不等于永远不麻烦噢。就告诉桂平,刚接到文化局的通知,上级文件刚刚到达,电玩城电玩店一律暂停,市长也没权了,审批权被省里收去了。桂平愣了半天,竟笑了起来,说,笑话笑话,这算什么事,人家市长那边已经安排了时间,难道要我通知市长,我们不去见市长了?那同学笑道,那你另外找个事情去一下吧。桂平气得说,你以后别再来找我。那同学仍然笑,说,那可不行,以后还要靠你的。桂平说,你不是说审批权被省里收去了么,我又不认得省领导。同学说,得了吧,你能认得这么多的市领导,肯定就是一个四通八达的人,省领导必定也能联系上几个的。不过现在还不到时候,情况还不明确,我马上会了解清楚的,如果省里可以松动,到时候要麻烦你帮我一起跑省厅省政府呢。桂平差点喷出一口血来,说,我要换手机了。同学笑道,你以为穿上马甲别人就认不出你了?

第二天桂平硬找了个借口去了市长办公室,见到正襟危坐的市长,心里一慌,好像那市长早已经看穿了他的五脏六腑,忽然就觉得自己找的那借口实在说不出口来。正不知怎么才能蒙混过关,市长却笑了起来,说,你是桂平吧,改革委的办公室主任,桂主任,其实我根本就不认得你噢。桂平大惊失色,说,市长,那你怎么?市长说,嘿,说来话长——市长看了看表,说,反正我们被规定有半小时谈话时间,我就给你说说怎回事吧——你们都知道的,我们的手机,一直是秘书代替用的,一直在他手里,我自己从来都看不到,听不到,什么也不知道,个个电话由他接,样样事情由他安排布置,听他摆布,我一点主动权也没有,一点自由也没有,因为机关一直就是这样的,前任是这样,前任的前任也是这样,我也不好改变。停顿一下又说,你也知道,我原来是干业务的,忽然到了这个岗位,真的不怎么适应,开始一直忍耐着,一直到昨天下午,我忽然觉得自己忍不下去了,就下了一个决心,试着收回自己用手机的权力,结果,我刚让秘书把手机交给我,第一个电话就进来了,就是你的。当时秘书正站在我面前,看着我,我就让他给安排时间,我要让他知道,没有他我也一样会布置工作,事情就是这样。桂平愣了半天,以为市长在说笑话,但看上去又不像,支吾了一会儿,实在不知道说什么才好,好在那市长并不要听他说话,只是叹息一声,朝他摆了摆手说,不说了,不说了，今后没有这样的事情了，你也打不着我的手机了——我又把手机还给秘书了。我认输了，我玩不过它，就昨天一个下午，从你的第一个电话开始，我一共接了二十三个电话，都是求市长办事的，我的妈，我认输了。停顿了一下，末了又补一句说，唉，我也才知道，当个秘书也不容易啊，更别说你办公室主任了。桂平说，是呀，是呀，烦人呢。市长又朝他看了看，说，对了，我还没问你呢，桂主任，我并不认得你，你怎么会直接打我的手机呢？桂平也便老老实实地把事情的来龙去脉说了出来，市长听了，哈哈地笑了几声，桂平也听不出市长的笑是高兴还是不高兴。

　　桂平经历了这次虚惊，立刻就换了手机号码，只告知了少数亲戚朋友和工作上有来往的人，其他人一概不说，结果给自己给大家都带来很多麻烦，引来了很多埋怨。但无论出现什么情况，桂平都咬牙坚持住，他要把老手机和手机带来的烦恼彻底丢开，他要和从前的日子彻底告别,他要活回自己,他要自己掌握自己,再不要被手机所掌控。

现在手机终于安安静静地躺在办公桌上,但桂平心里却一点也不安静,百爪挠心,浑身不自在。手机不干扰他,他却去干扰手机了,过一会儿,就拿起来看看,怕错过了什么,但是什么也没有,桂平怀疑是不是手机的铃声出了问题,就调到震动,手机又死活不震动,他拿手机拨自己办公室的座机,通的,又拿办公室的座机打手机,也通的,再等,还是没有动静,就发一条短信给老婆,说,你好吗?信正常发出去了,很快老婆回信说,什么意思?也正常收到了。老婆的信似乎有点火药味。果然,回信刚到片刻,老婆的电话就追来了,说,你干什么?桂平说,奇怪了,今天大半天,居然没有一个电话和一封短信。老婆说,你才奇怪呢,老是抱怨电话多,事情多,今天难得让你歇歇,你又火烧屁股。老婆搁了电话,桂平明明知道自己的手机没问题,仍然坐不住,给一个同事打个电话说，你今天上午打过我手机吗？同事说，没有呀。又给另一朋友打个电话问，你今天上午发过短信给我吗？那人说，没有呀。

　　桂平守着这个死一般沉寂的新号码，不由得怀念起老号码来了，他用自己的新号码去拨老号码，听到"对不起，您拨打的电话已停机"，桂平心里一急，把小李喊了过来，责问说，你把我手机停机了？小李说，咦，桂主任，是你叫我帮你换号的呀。桂平说，我说要换号，也没有说那个号码就不要了呀，那个号码跟了我多少年了，都有感情了，你说扔就扔了？小李说，桂主任，你别急，没有扔，我帮你办的是停机留号，每月支付五元钱，这个号码还是你的，你随时可以恢复的。桂平愣了片刻，说，你怎么会想到帮我办停机留号？小李说，桂主任，我还是有预见的嘛，我就怕你想恢复嘛。桂平还想问，你凭什么觉得我想恢复。但话到嘴边，却没有问出来，连小李一个毛头小子，都把自己给看透了,真正气不过,发狠道,我还偏不要它了,你马上给我丢掉它!小李应声说,好好好,好好好,桂主任,我就替你省了这五块钱吧。

到这天下午,情况忽然发生了很大的变化,打到他手机上的电话多起来,发来的短信也多起来,其中有许多人,桂平明明没有告诉他们换手机的事情,他们也都打来了。桂平说,咦,奇怪了,你怎么知道我的电话。对方说,哟,你以为你是谁,知道你的电话有什么了不起的。也有人说,咦,你才奇怪呢,我凭什么不能知道你的电话?也有心眼小的,生气说,唏,怎么,后悔了,不想跟我联系了?

桂平又恢复了从前的生活,手机从早到晚忙个不停,那才是桂平的正常生活,桂平早已经适应了这样的生活,他照例不停地抱怨手机烦人,但也照例人不离机,机不离人,他只是有点奇怪,这许多人是怎么会知道他的新手机号码的。

一直到许多天以后,他才知道,原来那一天小李悄悄地替他换回了老卡。

五彩缤纷

我老婆其实不是我老婆。或者说,现在还不是我老婆,我们还没领证呢。

没领证,在出租房里同居,这种事情很多,也很普通。我们大学毕业,远离家乡,在陌生的城市打拼,要有事业,要赚钱,还想要爱情,还想有家庭和孩子,想要的确实太多了一点,那日子会比较辛苦。

不过目前还好啦,我们还没有想得那么远,我们辛勤工作,可以积攒一些钱下来,为今后的日子作准备,虽然必须省吃俭用,精打细算,但毕竟还是比较轻松自由的。

不料出了意外,我老婆怀上了。孩子我要的,我跟老婆说,孩子都有了,我也甩不掉你了,我们去领证吧。我老婆说,领证可以,按先前说定的办。

先前我们说定了什么呢,这一点也不难猜,又是一件再正常不过的事情,先买房,后领证。

没有房子怎么结婚,这是正常要求,即使老婆不提,我也会做到的。但现在的问题是,我得把我积攒了几年的钱倾囊而出,才能付首付,接下去的日子,就不知怎么过了。我把我的忧虑和我老婆说了。我老婆说,那我管不着,反正没有房子不领证,这是当初说好了的,也是最起码的。她说得不错,这确实是最起码的。我老婆也不是个物质至上主义者,她没有要车,没有要其他更多的东西。

但即便是她的最起码的想法,目前我也有难处,我得靠我的嘴上功夫,让她暂时地将这个念头搁存下来。于是我开始说,老婆,买房这么大的事,急不得呀。我又说,那是买房呀,不是买青菜萝卜,说买就能买来。我再说,老婆,现在我们的当务之急,尤其是我的当务之急,是保养好老婆,保养好老婆肚子里的孩子。我还说,老婆,你也是有文化有知识的年轻人,你想一想,到底是人重要呢还是房重要。

我老婆才不理会我的战略战术,她才不和我对嘴,她沉得住气,原则性强,从头到尾只有一句话,按原先说的办,不买房,不领证。

我无话可说了。

我的思想已经受了我老婆思想的影响,看来房是非买不可的了。一想到买房,我的想象就像长了翅膀,立刻飞翔起来,我想到,买了房,就得装修,装修房子,那可又是一件令人激动的大事啊,我一激动,灵感就闪现了,我就突发奇想了,我说,老婆,你想想,就算我们现在立刻买房,我们肯定买不起精装修房,肯定是毛坯房,毛坯房得装修吧,再怎么简装,也得几个月吧,那时候宝宝已经出来了。我老婆说,宝宝出来跟房子没关系。我说,怎么没关系,新装修的房子,你敢住吗?就算你不怕,你敢让宝宝闻那种有毒的油漆味吗?

那是常识,装修完了,怎么也得晾它个一年半载才敢入住啊。

我这是拿还未出世的孩子要挟她,我以为这下子将到她了,哪知她早就想好了应对的台词了。她说出来的台词,吓我一个跟斗,你以为我急着买房子是急着要住吗?我奇了怪了,不急着住干吗要急着买。我老婆问我,你以为我买的是房子吗?我也不傻,我说,我知道,你买的是安全嘛。可是我若要变心,不会因为有房子就不变心的。我老婆说,是呀,你变了心,我至少还能得到一套房子。

这种对话实在平常而又平庸,大家见多了去,不过请耐心等一下,这只是为下面的事情作铺垫,马上就会出现不一样的事情了。

现在我完全没有退路了,只好朝买房的方向去考虑了,好在这是我的第一套房,应该是比较优惠的。我打听了一下买房的程序,先到房产局去开证明,证明我是无房户,这样才能享受到第一套房的种种优惠。

到了房产局,他们一查电脑,却告知我说,我已经有房了。我大吃一惊,以为天上掉下馅饼来了,不,这可不是一块馅饼,这是一套房子啊,难道是圣诞老人或者干脆是上帝他老人家送给我的。

做梦吧,别说房子,天上连馅饼都不会掉的。

可我的名下确实有一套房,这到底是怎么回事呢。

房产局那人用怀疑的眼光看着我说,现在全部都连网了,想冒充无房户是不可能的。我着急解释说,我确实是无房户,我和我老婆住在出租房里,现在我老婆肚子大了,我们要结婚,要买房,等等等等。他哪里爱听这样的话,但后来看我真的急了,或者他自以为从我的焦虑的眼睛里看到了我的诚实,他才告诉我说,既然你不肯承认你名下的这套房是你的,那只有一种可能。我赶紧问，什么可能？他说，有人用你的身份证买了房。他见我发愣，又补充说，虽然可能是别人买的，但既然用了你的名字和身份证，你就不是无房户了。

我怎能相信这种莫名其妙的事情，我说，会不会你们搞错了？他又朝我看看，还朝他的电脑看看，反问我说，你不要吓我，你是不是想说，有人黑了我们的系统？我也吓了一跳，若是真有人黑了房产局的系统，岂不要天下大乱。

我知道那是不可能的。但如果他不可能出错，那么错在哪里呢？谁会用我的身份证买房呢？那人看了我一眼，觉得我连这样的问题都想不明白，极品脑残。其实我怎么会想不到呢，这个"谁"的可能性还是比较多的，比如亲戚朋友啦，比如老板啦，比如骗子啦。

可是现在我脑子里一片空白，我依据什么去把这个"谁"想出来呢。

见我站在窗口什么也不干，光发愣，

后面排队办事的人着急了,我只得先退到一边,朝大厅的椅子上一坐,犯起糊涂来。

我旁边有个人架着二郎腿,哼着小曲,心情特好,我朝他一看,他立刻对我笑了笑。我说,你笑什么,我认得你吗?他说,恭喜你,你有房子了。见我干瞪眼,他又说,不是有人用你的名义买了房吗,既然是用你的名字,房子就是你的嘛,房子是什么,不就是一个人的名字嘛。我说,可房子不是我买的,钱不是我出的,怎么会变成我的房子呢。他说,这个太简单了,我教你怎么搞啊,你带上你的身份证,先到售房处去复印合同,人家问你为什么要复印合同,你就说合同丢了。我说,那可能吗?他说,他们没有理由不让你复印呀,房子就是你的嘛,身份证和人都对上号了嘛。然后你拿了合同,再到房产局去,补办房产证,你也可以跟他们说,房产证丢了,你有身份证,有购房合同,他们同样没有理由不让你补办,等办好房产证,房子就是你的了。

我听后，简直如梦如幻。他见我傻样，以为我担心什么，又指点我说，你怕夜长梦多吗，那就赶紧把房子卖了。

我的心里早痒起来了，一套房子，就这么到手了，只费了一点点吹灰之力？他见我不信，鼓励我说，信不信由你，你做做看就知道了。我疑惑地说，这是违法的吧？他说，如果那个人确实在你不知情的情况下，用你的身份证买房，那是他违法在先。

他违法在先，我违法在后，那我不还是一样违法么。出主意的这人挺为我着想，说，你急于出手房子，一时找不到合适的买主，可以卖给我，我要。

我赶紧走开了，他还在背后说，要不要留个电话给你。我摆了摆手。他又说，不留电话也没事，我经常在这里，你要是想通了，就来这里找我。

我只听说外面骗子很多，很离奇，我以为这个人也是骗子，但我又不能确定他是骗子。无论他是不是骗子，他指点我做的事情我是不能做的。

如果我不能买首套房,我就买不起房,因为首套和二套的首付是不一样的,契税和房贷也不一样。可我不甘心就这样白白地丢失了我的第一套房的资格,虽然那套房已经在我的名下,但它毕竟不是我的房呀。

我得找到用我的名字买房的那个人。

我到了售楼处,把情况跟他们说了,他们爱理不理,说,这事情你别来找我们麻烦,跟我们无关。我气不过,说,怎么跟你们无关,你们没有尽到你们的责任,把我的名字让别人用去了。售楼处说,你跟我们有什么好吵的,你自己把身份证借给别人买房,还怪我们。我说,我怎么可能把身份证借给别人买房。他们说,这事情现在多得很,不管是怎么借的,出让身份证的人,肯定能得好处的。我跟他们生不得气了,我只说我要看那购房人的资料,他们又不同意,说客户的资料是要保密的。我反驳他们说,保密个屁,我单位有个同事,刚买房,登记在售楼处的信息立刻被出卖了,装修公司、中介公司、高利贷公司,各色人等,立马来骚扰。他们见我这样指桑骂槐,也不跟我生气,但就是不肯透露信息,他们是怕我影响了他们的声誉,搅黄了他们的生意吗?可他们这种人,也有声誉吗?

我回去将这离奇的事情告诉我老婆,我老婆以为我骗她,以为我不肯买房,跟我闹别扭,我怎么解释她也不信,我没办法了,只好说,要不你和我一起去那售楼处。她又不肯去,说,你肯定事先和售楼处的人商量好了来骗我。

女人的想象力真丰富啊。

我只好又回到售楼处,威胁他们要举报,他们还是怕我举报的,最后把购房者留下的联系电话给了我。我一看两个号码一个是手机一个是座机,寻思着肯定打手机更方便找到人,就立刻打了那个手机号码,却不料听到是"已停机",我心头顿时掠过一丝不安和惊慌,手机都已停了,座机还会有人接吗？但无论如何死马得当活马医呀，再照座机号码打过去，呼叫声响了六下，我心里又"咯噔"了一下，料是无望了，但就在这绝望刚刚升起来的时候，在电话铃响到第七声的时候，有人接电话了，是个女的。我一听是个女的，下意识地"咦"了一声。那边就说，咦什么咦，打错电话了吧，以后把号码搞搞清楚再打，把人搞搞清楚再说话。我说，哎——我没有打错，我找的就是你，你在某某小区买了套房吧？那女的立刻警惕说，买房？买什么房？你个骗子，又想什么新花招？我说，我不是骗子，可是我碰到了骗子，骗子用我的名字买了房子。那女的说，那你找骗子去。我说，我找的就是你，房子就是你买的，在售楼处登记的就是你的这个号码。那女停顿半拍后惊叫了一声，说，什么？什么房子？我说，我的身份证被你盗用了，在某某小区买了一套房，有这事吧？那边没声音了，我以为她想抵赖，我不怕她抵赖，我有的是证据。哪知过了片刻，她大叫一声，我操你个狗日的！你竟敢买房！这声音实在刺耳，我说，你怎么骂人呢，又不是我买房，是有人盗用我的名字买房。她不听我解释，仍然骂人说，你个乌龟王八蛋，叫我住出租房，自己竟然有钱买房养小三。我这才明白过来，她大概是骂她老公或者男友的。果然，她又骂了许多脏话粗话，我实在听不下去，说，事情还不知道怎么个真相呢，你已经把祖宗八代都骂遍了，等到事情真相揭发出来，你还用什么东西来骂人？她忽然又大哭起来。

  我不想听她哭，但我还是想从她那儿得到一点有用的信息，我只得耐下心来劝她，我说，你先别哭，可能里边有什么误会吧，你再仔细想想，既然你没有用我的名字买房，那是你家里其他什么人？她顿时停止了哭声，头脑冷静思路清醒地说，我老公为什么不用他自己的名字买房，怕我知道，所以，他用你的名字买房，你肯定是他的狐朋狗友，你才会借身份证给他，让他买房，包庇他养小三。

我怕了她,我还是赶紧败下阵去吧,我再也不想从她那儿得到什么了,我挂了电话。

她却没有罢休,反过来又打电话来,追问那套房子在哪里。她这追问还真提醒了我,我又到售楼处去了一趟,查到了房子的具体地址。

我到了那个小区,莫名其妙的,心情居然有些激动。小区是新建起来的,看起来刚刚交付,都是毛坯房,里边还没有住户,我找了一圈,找到了某幢某层,上去一看,门关着,里边不像有人的样子,我还是敲了敲门,自然也是白敲的。

我并没有泄气,跑得了和尚跑不了庙,他房子买在这儿,我不怕他不现形。过一天我又来了,还是没有人,我刚要下楼,看到有人上楼来了,手里拿着钥匙,开对面那套房的房门。但我看他的穿着和模样,不太像是房主。那个人看出我的怀疑,主动说,我是搞装修的。我怀疑他,他倒不生气,还和我聊天,问我是不是隔壁的房主,需不需要装修。我说是来找他隔壁的人家的,他问找他们干什么,我没敢说出来。

他见我支吾,也没有追问,只是说,他接了这一家的装修活,来过几次,没有看见对面人家有人来过。又说,一般刚刚拿到手的毛坯房,如果不马上装修,房主是不会来的。我委托他代我留心点,留了个电话给他,他点头答应了。

我出小区的时候,又经过售楼处,心里来气,我又进去了,他们都怕了我,躲躲闪闪,互相推诿。我责问说,你们提供的电话不对,你们是有意糊弄我的吧。他们指天发誓,那人留的就是这电话。我怀疑说,这电话的主人根本不知道买房的事,难道你们不和买房的人联系吗?他们说,我们还和他联系什么呢,房子已经售出,一手交钱,一手交货,我们再也不会联系他,只有他可能来联系我们,我们最怕的就是这个了,如果接到他的电话,那必定是哪里出了问题,麻烦来了。

还是那个搞装修的人讲信用,有一天他给我发了个信,说对面房子有人来了,让我赶快去看一下。我立刻赶到那儿,这回终于让我抓住了一个真实的存在。可是最后结果并没有显现出来,因为被我抓住的这个人,并不是房主,他是房屋中介。

原来那个用我名字买房的人,打算出租他的毛坯房。不管怎么说,我庆幸自己又推进了一步,有中介就有房主,我离那个盗用我名字的人应该不远了。

这时候我还不知道,其实我前面的路还遥遥无期呢。接着中介就告诉我,房主是在ＱＱ上留的言,没有其他联系方式,只有ＱＱ号。也就是说,我要想找到房主,仍然要守候,只不过是从毛坯房前挪到ＱＱ上而已。

我先上去找他,说我要租房,希望他能够现身。可是他没出现,我想我可能暴露了,因为他明明已经委托了中介,租房应该和中介联系,为什么要直接找他呢。他一直不出现，我急了，耍了个流氓手段，在群里发言说，有人用我的名字买了房子，我现在已经复印到了购房合同，打算明天就去补办房产证了。群里大家欢呼雀跃，为我高兴。

我以为这下子可以把他逼出来了，可是他仍然隐身。他这才叫耍流氓，那是真流氓，我这假流氓倒也拿他无奈，我不能真的去办房产证啊。

正在我山穷水尽疑无路的时候，先前那个骂人的女人倒来给我指路了，她主动打了个电话给我，情绪大好，和当天电话里那个愤怒的女人简直判若两人，完全判若两人。她耐心地告诉我，冒我名字买房的不是她老公，而是她现在住的出租房的前任住户，她已经通过房屋中介，帮我了解了他的踪迹，提供给我进一步追查。最后她还向我道了歉，说上次说话难听不是针对我的。

我虽然有些奇怪。但她的态度也让我更相信了一个事实，爱情确实能够让一个人完全变成另一个人。

我根据她提供的信息，找到了那个冒充者现在居住的另一处出租屋，我不知道他为什么要从一个出租屋搬迁到另一个出租屋，唯一能够让我作出一点判断的就是前后两处出租屋大小和质量有所差别，这地方比那地方更小更简陋。看起来他的经济状况也不怎么样，恐怕每个月的还贷压力很大吧。这也是我很快将要面临的难题哦。

所以一看到这样的出租屋，我立刻联想到了我自己的生活，在胡思乱想中我敲开了这间出租屋的门，开门的是一个孕妇，肚子和我老婆的肚子差不多大，看到她的一瞬间我真吓了一跳，以为她就是我老婆呢。本来嘛，同样的出租屋里的孕妇，能有多大的差别呢。

本来我肯定是气势汹汹的样子，但一看到这样的屋子，屋子里这样的人，我的气势顿时瘪了下去，我能够对着一个和我老婆一样的住出租房屋的孕妇大吼大叫或者横加指责吗？

我平息了一下积累在心头的愤怒，尽量用和缓的口气询问她老公在哪里，我不跟孕妇说话，我要找的是她老公，那个冒我的名字买房的人。可孕妇告诉我，他们虽然在一起几年了，她肚子也那么大了，但从法律的意义上说，他还不是她老公，他们还没有领证。我心里"嘻哈"了一下，真是和我的遭遇越来越像哦，由此我又联想到，在这座城市之中，在许许多多的城市之中，在苍穹之下，还有多少和我们的日子相差无几的男女呢。

但无论如何，我还是得找到冒名者，要他还我名来，还我购买第一套房的优惠权。我不能因为他们没有领证就放弃我的寻找，我再问了一遍，你老公现在在哪里？孕妇倒也很坦白，告诉我她老公回老家补办身份证去了。

我感觉到事情正在渐渐地浮出水面，又出来了一个身份证，这是好事，只要能和身份证联系上，我相信离我的目的会越来越近。我赶紧抓住她的话头，问她老公叫什么名字，她说她老公叫吴中奇。

我觉得很荒唐，荒唐得让我笑出了声。可是任我怎么笑，她也不觉得奇怪，只是很平静地看着我，我拿出我的身份证递过去想让她确认一下，可她并不接，她根本不要看。我只得说，他是冒名的，他不是吴中奇，我才是真正的吴中奇，他捡了我丢失的身份证，他就做起了吴中奇，但他是假的。那孕妇说，他不是捡的，他是买的。我嘲讽地说，买身份证，这都是新闻上才能看到的新闻，你们居然就是新闻。孕妇并不计较我的态度，她很淡定，继续告诉我说，他老公的身份证丢失了，原本打算要回老家补办的，但时间来不及了，只好先去办一张假的，然后等有时间回去补办真的身份证，等到补办好了真的证，那假的也就自然废弃了。我奇怪说，那他真的就办了一张名叫吴中奇的假身份证，怎么这么巧，恰好就是我的名字。孕妇说，这么巧是不可能的，他们办假证的人手头有一大堆真的身份证，有的是拣来的，有的是收购来的，不知道有没有偷来的，或者是别人偷来卖给他们的，反正里边有一张你丢失的身份证，卖给了我老公，所以他暂时只能叫吴中奇了。她见我发愣，又给我补充说明，其实我老公当时也怀疑过的，用别人丢失的身份证，万一被丢身份证的人发现了怎么办。人家笑话他说，你看看这身份证上的地址，离我们这儿多远，八杆子都打不着，你想碰上都没有一点可能性。

  我说，你老公不长脑子吗，他不想想，那么远的身份证，怎么会丢在这里，丢在这里，只能说明我离得并不远。她说，他哪有想那么多，那时候急着买房，也不管不顾了。虽然她很坦白，说得也很对路，但我还是觉得有疑，因为我的身份证丢失以后，我立刻去补办了新的身份证，原则上说，在我补办了新身份证的同时，我丢失的那个身份证就已经作废，可是他们居然用作了废的身份证顺利地买了房。我表示怀疑说，你们竟然用一张已经失效的身份证买房，卖房子的人怎么这么随意，不仅没有核对本人和身份证的信息,甚至都没有上网核查。这孕妇说。核对什么呀,他们只核对钱,别的一概马马虎虎,说实在的,买房时我们也有点担心的,照片上的你,毕竟和我老公不太像,但他们连看都没看一眼,就跟我们签合同收定金了。

这种事情也稀松平常,别说售楼处,就算是银行,也经常有人用捡来或偷来的身份证开户,然后透支,然后银行找到身份证的主人,然后主人说,我冤枉呀。银行可不管你冤不冤枉,要你还钱,然后就是打官司上法院了。那可是没完没了的战争,一直到搞到你筋疲力尽。

现在我也轮上一件这样的事,我可不想追究,我实在没有那工夫,我要工作赚钱,我要照顾怀孕的老婆,我要为即将出世的宝宝作准备,最重要的,我还要买房子,我哪里有一点空闲的时间去跟他们纠缠真假身份证的事情,我只希望这个冒充者早点补办好他自己的身份证返回来,然后我们去过户,把我的名字还给我就行了。

这孕妇见我着急，安慰我说，别急别急，很快的，一两天就能回来了。她态度好，我却好不起来，我来气地说，现在房子多得是，你们就那么着急买房子，急到都不能用自己的名字买房？什么事那么急呀？那孕妇奇怪地朝我看看，说，你是明知故问吧，我怀上了呀，是做人流手术，还是生下来，取决于房子，他要孩子，当然就要立刻买房子，哪怕先借用别人的名字。

苍天，怎么跟我的事情越来越像，我心头竟滋生出一些恐惧，下意识地朝她看看，我是不是该怀疑她是我老婆扮演的一个人？

孕妇看起来一点也不想瞒着我什么，她又主动告诉了我一些情况，但是我对他们的气仍然郁积着，我也顾不得她身怀六甲，恐吓她说，你们不怕我真的把房子卖掉。孕妇说，怎么不怕，就是因为看到你在ＱＱ群上留的言，我老公才会在这时候赶回去补办身份证，我就要生了，也许他还没回来，孩子就生下来了。

我实在无言以对。

现在唯一可以指望的就是冒充者从老家带回他自己的真实的身份证。

其实,在焦虑之余,我倒是很想见一见这个假我。

可是我一直没有见到他。

他没有再出现,他失踪了。但不管怎么说,他还算是个负责任的人,他把办好的真的身份证寄给了他老婆,还委托了他的堂弟,冒充他去帮嫂子办过户,但他自己从此没有再出现,他说他自己失踪了,房子留给老婆。可那孕妇哭着说,留给我有什么用,我用什么来还房贷啊。

我忽然吓了一大跳,我知道他们的房产证上,是用的他们两个人的名字,啊不,不是他们两个人,是我们两个人,是我和这个不是我老婆的孕妇的名字。

既然名字是我的,搞不好银行会来向我收贷款,我赶紧催着她去办过户,她自知理亏，答应我约到堂弟就去。

我吊心提胆地等了一天，还好，那个冒充者的堂弟也讲义气，就和我们一起去办过户了。当然，如果我不去，他们一定还能再找到一个人去冒充我的。

那天在办理大厅，我注意观察了一下那个堂弟的神色，发现他一点也不慌张，谈笑风生的。

出来的时候我问他，你冒充你堂哥，倒蛮镇定的嘛。你是不是经常做这样的事情。那堂弟说，现在有谁来注意你的真假，一手交钱，一手交货，干脆利索。何况，他毕竟是我堂哥，我们毕竟还是有点像的，即使是完全不像的两个人，只要有证件，都能办成事情，甚至哪怕证件也是假的，假人加假证件，也一样办成事。

他说得一点也不错，这正是我所经历的。

那天我回到家，老婆告诉我，房贷利率又提高了，她已经算了一下，买房以后，每个月我们两个不吃不喝，刚够还款。我以为她的意思是别买房了,就顺着她的意思说,是呀,除非我们能够做到不吃不喝,我们就买房。哪知我老婆教训我说,吃喝重要还是买房重要啊?

那一瞬间,我简直怀疑那个失踪了的人就是我自己。

他怎么不是我呢,我们的经历几乎是一模一样,我们的名字也是一样的。

他失踪了,我难道没有失踪么?

有些事情很难说哦。说不定真的就有两个我呢。

那个我,冒了我的名,害我忙了一大通,才做回我自己,不过我还是觉得挺同情那个我的,这家伙忙了半天,结果什么也没留下。

可我哪里是有资格同情别人的人,哪怕那是另一个我,我都没有能力去关心他,我还是可怜可怜我这个我吧。

现在,几经周折,总算将那套房子换了名字,现在好了,我的名下没有房子了,我又恢复了购买第一套房的资格，我喜滋滋地去买房了。

到了售楼处，我被告知，刚刚颁布了新的条例，单身不能在本地买房，除了要有本地本单位的证明，最重要的是要结婚证。我说，我还没结婚呢。他们说，那你先结婚嘛。我说，没有房不肯结婚呀。他们说，不结婚不能买房呀。

我真急了，说，怎么说变就变呢。他们说，所以说这东西像月亮嘛，每天一个样嘛。我说，你们这是存心不让我们买房呀。我这样一说，他们委屈大了，差一点要哭了，说，我们也没办法，我们也不想这样，我们恨不得什么条例也没有，我们恨不得什么条件也不讲，人人都能买房。但是现在在风头上，抓得紧，谁违反谁吃不了兜着走。

我原来以为我碰到的事情够沮丧，结果发现他们比我更沮丧。他们一边沮丧一边还劝我说，要不这样，你再等一等，虽然新规定很强硬，但过一阵，风头过去了，就会松软多了。

　　我想我老婆这回该死心了，不会再出幺蛾子了吧。哪料想我老婆要买房的意志无比坚强，说，那就先领证。

　　我心里窃笑，她这可是自打耳光，早答应了先领证，也就没那么多麻烦了嘛。虽然我对我老婆言听计从，只不过有些事情并不是她说怎么就能怎么的，就说这领证吧，规定必须在一方的户口所在地办证，我和我老婆的户口都在老家，我们得回一趟老家才行。

　　回一趟老家可不得了，别说数千里路迢迢，要转几趟车，我老婆又大着肚子，我单位还不给这么长时间的假，更重要的是，我们现在要买房了，恨不得把牙缝都塞上，哪有闲钱回老家呀。

　　我们求助于老家的村长，村长很热情也很负责任，替我们打听了，说规定是不允许的，一定要本人到场，但他有办法，我们只需要将标准照片寄给他，再打一点费用过去，他找两个假人冒我们去登记，为保万无一失,他会陪他们到登记处去,万一情况不妙,他还可以出面找人打招呼,总之,让我们尽管放心。

我们把照片和钱都寄过去了,果然很快,大红的结婚证就寄来了。

现在我们终于可以买房了,我们有身份证,有结婚证,有钱,还愁买不到房吗?

真的还是买不到房,因为我们被查出来,结婚证是假的。我被村长糊弄了,我打电话去责问村长,村长开始还抵赖,指天发誓那证绝对是真的,又说,是不是乡下的证和城里的证不一样,又说,你们在城里过日子干什么都要有证,也忒麻烦人了,等等等等,反正是死活不承认我那结婚证是假的。

他不肯坦白,我也有办法对付他,我查了县民政局的电话,问结婚登记处,一问就问出来了。村长这回没话说了,坦白了,说,我是带了两个人去的,长得和你们很像的,我好不容易才物色到的,可还是被发现了,现在这些狗日的,眼睛凶呢,我不好向你交待了,你不是急等着用么,我到登记处外面街上,就有人招揽生意,说可以办一张假的,我看收钱也公道,就办了。

我简直目瞪口呆,村长还继续为自己的行为辩解,说,我真以为你们看不出来的,不知你们是怎么看出来的,我还拿来和我儿子的结婚证比照了一下,真是一模一样的,看不出来的呀。

我说,看得出看不出那都是假的。村长"嘿"了一声,还亲切地喊了我小名,说,狗蛋啊,你从小可不是个计较的人,你念了大学,在城里做事了,反而变得计较了,其实人还是马虎点,活着自在。我说,也不能马虎到用一张假证来骗人呀。村长说,哎哟,什么证呀,不就是一张纸么,有什么真的假的,现在假夫妻比假结婚证多得多了,也没人管。

虽然我气村长的这种行为,但村长的话倒也给了我一些启发,我跟售楼处说,虽然证是假的,但我们两个人是真的,我们都有身份证,你们也查过了,身份证是真的,何况，我老婆肚子都这么大了，肚子里的孩子不能是假的吧。他们说，身份证和你老婆大肚子都是真的，但是你们用假结婚证骗人是不对的。我强词夺理说，也不能说我们的结婚证就是假的，你看，这照片是我们吧，这名字也是我们吧，这年龄等等，都是我们，也就是说，内容是真的，形式是假的，我们两个是真的要结婚，在乎一张纸干什么呢？售楼处显然很想卖房子，他们去请示了上级，但是上级不同意，说不能因为出售一套房子犯了规矩，查出来要被罚款的。

我们再一次被打了回来。房子再一次离我们远去。

我已经殚精竭力了，但我老婆斗志昂扬，我老婆说，不行，我们还是得回去领证。

我老婆说这话的时候，阵痛已经开始了。

就在这天晚上，我老婆生下一对双胞胎，我给他们取名：吴一真，吴一假。

他们两个长得太像了，简直一模一样，我一直都分辨不出，到底哪个是真哪个是假。